青い馬

創刊號

青い馬　創刊號　目次

青年

本多信

僕はこつこつと、街路樹の若葉の下を歩く。さわやかな午前の風が、會堂の鐘をのせて街の上を流れる。小學校ではもうピアノが鳴つてゐる。また遲刻だ！　僕は一寸淋しくなる。だが青空だ、樂隊が通つてゐる、花火が頭の上でチョコレート色の雲を浮べるのだ、僕は陽氣に口笛を吹く。銀色の自動車が帽子を振りながら僕の前を過ぎる。犬をつれた老紳士とすれちがふ、ハバナの香が霧のやうに僕を包む。街角のポストの中からベレ帽のお孃さんが飛出す。僕は口笛をやめる、あツ、Cちやんだ！　僕は歩みを速める、足が地面から輕くあがらない、泥沼を歩くやうな氣がする。黑いベレ帽の横で、渦卷いた斷髮がふざけてゐる。

——Cちやああん！

——あら、こんちは。

——暫らくでした。

——…………

——ずつと家《うち》に居るんですか？

――……いゝえ、一週間ばかり一寸……。

顔色があまりよくない（病氣かな）、皓い齒に若葉が映る、黒い瞳《め》の中に僕の笑ひ顔が浮んでゐる。中野の先生のとこへ行くのだといふ。片手の藤色の包みのなかで、音樂が眠つてゐる。

――このごろ、家《うち》ぢやあ皆んなとても偉いのよ。ルミちやんでも、アユちやんでも、凄いもの讀んでんのよ、あたしだけ、おいてきぼりにされちまうやうな氣がするわ。

僕は元氣をつけるやうに快活に笑ふ、ちよいと彼女を抱いてやりたくなる。どこかの奥さんが、悲しさうな眼でちらりと僕たちを覗いて行く。僕は胸を張つて煙草をふかす、空を見上げる……（青葉の校庭でCちやんが素的なサアヴの形《かた》を見せてゐる、僕はドライヴを加減して試合を長引かせる、ぽうんぽうんと球《たま》が空で歌ふ、球《たま》の中に僕たちがゐる、素晴らしい遊戯だ！　彼女が僕のチヨコレートを盗む、僕は何處までも追ひ駈ける、人の居ない方へ彼女は逃げていく。花園の隅で僕は汗ばんだ少女を捕へる、彈力のある少女の腕をつかむ、笑ひが突差に消える、二人は蒼くなつて抱き合つたまゝ互ひに顔を見合はす。）

――いつもこんなに遲く行くの？

――どうしても眠くつて駄目なんだ。

僕はブラシを忘れた自分の靴を見る、課長が眼鏡越しに睨んでゐる、出勤簿に青いスタンプが押される。

――殊によるとあたし、ずつと中野の先生のとこに居るやうになるかも知れないの。お暇のとき、遊びにいらつしやらない。

驛の階段を上りながら、僕は彼女から小さな名刺を受取る。元氣のない握手だ、よごれた電車の窓硝子の中で彼女はこしらへものの笑を見せる。

――さよなら。

――…………

厭だあ、駄目だなあ、一體どうしたのさあ。わけのわからない不安のなかで、僕は小さくなつていく少女の電車につぶやきかける。ホームの上の吸殻から紫いろの煙がのぼる。

★

事務所の廻轉扉を押して僕は外へ出る。夜が下りる、鋼鐵いろの空で星の釘《ボルト》が輝る。水を打つた街路を僕は表通りの方へ歩く。明るい賑かな街は、玩具屋の店先のやうに僕を喜ばせ疲らせる。僕は大きな棕梠の葉陰に腰をおろす、コーヒー茶腕の中で、ネオンサインの風車が倦るさうに廻つてゐる。

――シンちやん！

誰かゞ僕を呼ぶ、顔を上げる、二階のボックスの中でAが大きな手を擧げてゐる、その下でM子が花のやうに笑つてゐる。僕は立上る、階段を駈けのぼる、顔見知りのボーイの肩をちよいと叩いてみる、エナメルの牛靴が新しいのだ。Aが僕の手を握る、僕はM子に帽子を取る。

――こないだCちやんに會つたぜ、ずい分久し振りさ。

――めずらしいね。俺もずゐ分會はないなあ。

――何だか元氣がなくつてねえ。

――メンぢやなかつたのかい？

――いやなお兄さん！

睨むやうにM子が笑ふ、華奢な指が白薔薇のやうなハンケチをつかんでゐる。少女の香りが僕を操る。

――未だよくないんでしよ體が、きつと。

――病氣だつたの？

――あら、入院してたの知らないの？

――全然知らない。

――駄目ね、たよりにならないわね。Cちやん先月まで病院に居たのよ。

――どこが惡かつたの？

――○・五グラム服《や》つちやつたのよう。

――いつたいどういふんだい、それは？

――やつぱりKさんの問題なのよ。

僕は煙草を口からはなして、瞬間M子を見つめる、ピエロを形取つた灰皿の口へ、僕は煙草をほうり込む。


或る夏。

僕たちの舟は、さくりさくりと水音をたてゝ沖の方へ泳ぎ出る。もう陸は見えない。途中、C子やM子は何度も舟べりに腰掛けてゐる僕を、海の中へ突き落す。僕は海のベッドの上から、しみじみと美しい雲を見上げる。雲の中から少女たちがキャンキャン騒ぎながら僕に花をぶつけるのだ、僕は眼をつぶる、夢中で皆んなの舟を追ひかける。AやKやSと一所に、C子もM子もぴよんぴよん舟から飛びおりる。海の中へ潜つていくC子が、ラムネの玉の中の魚のやうに見える。水の中で、M子が僕にかぢりつく、つめたい肌ざわりが僕を氣味惡くさせる。AとSが二匹の鯨のやうに水を切つて進んでくる、舟の上でKは煙草をふかしてゐる。C子たちの唇が紫いろになる、僕たちは舟へとびあがる、賑かなローレライが海の上を流れる、オレンヂ色の夕空が僕たちを見送つてゐる。夜。皆んなはKの家へ集まる。庭の芝生でワルツを踊る、蟲取りの篝火がだんだん小さくなる。Kのお父さんが座敷へ入つてくると、少女たちは膝をなほしてもぢもぢする。何かお父さんから言はれるたびに、彼女たちは顔を見合せて笑ひころげる。父親のない僕はKを羨ましく考へる。遊び疲れると、松林をぬけて僕たちは濱へ出る。半島の町が遠く燐光のやうに明滅する、何處かで太鼓の音が聞える。

——おいA、おれ達の最後の暑中休暇だなあ。

しんみりとSが言ふ。夜の海が溜息をしてゐる。

——まあセンチね、誰かさん！

M子の聲だ、僕は笑ひ出す、すぐ笑ひが消える。まだぬくい砂をもてあそびながら、僕は來年の卒業のことを考へる。Kの腕がC子の肩を抱いてゐるのをちらりと見る。

――とてもそれで、家庭《うち》がごたごたしたらしいわ。そんな深いアムウルぢやあなかつたんでせうけど、あゝいふ氣性の女《ひと》でしよ、何もかも面倒くさくなつちやつたらしいのね。だつて、お兄さんもお父さんも、Cちやんがあんなブルヂョアのどら息子を友達に持つてゐるといふので、スパイみたいに毎日の行動を監視してたんでしよ、そこへもつてきて、學校があんなやかましいとこでしよ、大人のひとたちの無理解がCちやんには堪らなかつたらしいわ。

――弱いんだなあ。

――うむ。だが強いのかも知れないよ。

――死ぬときどんな氣持だつた? つてあとで聞いてみたら、悲しくも淋しくも何ともなかつた、さつぱりとしてゆつくり眠るやうな氣持だつたわつて言つてたわ。Kさんも慌てゝ飛んできて、Cちやんの枕もとで、死んぢやいけない、死んぢやいけないつて言つてたわ。

――古風だね。おそろしく。

Aが笑ふ。

――それ以來、家庭《うち》の人たちは腫れものにさわるやうにCちやんを大切《だいじ》にし始めたらしいの。で、こんだ、ヂエミロフのとこへ行くやうになつたんでしよ。

――ヂエミロフつて、あのピアニストのかい?

――えゝ。

僕はM子の眼が怖ろしい、顔をあげ得ない、微笑をみせながら心の中で眼を閉ぢる。青葉の窓でCちやんがピアノを彈いてゐる。ポケツトに兩手をいれて、デエミロフがそれを聞いてゐる。馬鹿、馬鹿つてピアノが鳴つてゐるやうな氣がする。

僕たちはカツフエを出る。Aは明るくステツキを振る、M子は僕に笑ひながら話す、僕はM子に話しながら笑ふ。耳のなかで何かゞ騷いでゐる。僕たちは車を捕へる、鈴懸の新しい路を蜂のやうに車は走る。二哩さきの裏町に、花のやうなビルデイングが立つてゐる。

★

慌てゝ階段を上る、あぶなく出勤簿に間に合ふ。部屋へ入る、机に向ふ、同僚の元氣のない笑が僕を迎へる。僕は二時間と机の前に居られない、檻の中に居るやうに苦しいのだ、體を動かしたいのだ、大きな聲で歌がうたひたいのだ、太陽が欲しいのだ。僕は絶え間なしにW・Cへ行く。そこの小さな窓から僕は澄んだ空を見る、なつかしい夏の雲を見る、誰も叱る人は居ない、聲を立てゝ歌ふ、僕はすつかり幸福だ。だが電話が鳴る、課長が呼ぶ、給仕が僕をW・Cから引きずり出す、僕は赤くなる、課長の前で長い恥ずかしい小言を受ける。僕は努力して机の前に居るやうにする、だけど、どうしても駄目だ！　青い雲が僕を呼ぶのだ、窓の外で小鳥たちが僕を待つてゐるのだ。僕は逃げ出さうとする笑を死物狂ひになつて抑える。廊下でタイピストのPに會ふ、彼女は僕を片隅へ呼ぶ、曲つたネクタイをなほしてくれる。

——あんたんとこの課長さんの字、とても下手くそね、打つのにそりや苦心よ。おまけに下手のなんとかでしよ、ウンザリだわ。

事務所の中で彼女の笑だけが僕を勇氣づける。彼女は造花の薔薇のやうに匂ふ。

——そりやあさうと、シンちやん氣を付けなきやあ駄目よ。あんた、とても評判なのよ、朝は遲いし、部屋には居ないし、給仕たちはあんたのこと、ミスタW・Cだなんて言つてるわよ。幹部に睨まれると事件《こと》よ。

——僕もそれは考へてるんだ。けれども、自分でもどうすることも出來ないんだ。だけど、そのために僕は自分の受持の仕事を滯らしたことはないんだから、惡いとは考へないよ。

——駄目、そんな子供みたいのこと言つちやあ。事務所にはやつぱり秩序つてものがあるんですもの、規定は規定として守らなきやあ。そんなこと言つてつと、シンちやん馘首《くび》よ！

僕はハツとする、悲しくなる、一人のお母さんのことを考へる。然し僕は笑ふ、僕は人々を信じてゐる、誰もがお母さんのやうに僕の我儘を容れてくれると信じてゐる、僕は何も惡いことはしてない。僕は元氣よく部屋へ駈け戻る、窓の外を軍隊が通る、劉喨たる喇叭の音に乘つて、僕の心は行進する。

＊

復活祭。

繪硝子を透して太陽は虹になる、白いヴェールの婦人たちをカメレオンだと僕は思ふ。オルガンがむらさき色の煙を吐く、合唱隊がうたふ、會堂が搖れる、だが僕は水の底に居るやうに靜かだ。ガランとした會堂の中で、聖檀の蠟燭が僕を見つめてゐる。會堂を出る、裏の並木道を歩く、黄白青の三角旗がはためく。櫻と紅葉のみどりが會堂を取り卷いてゐる、一匹の小鳥がその中を飛び廻つてゐる。自轉車が彼女を乘せてゐる。

——危險《アブ》、アブ！……厭《や》だわ、神父さま！

少女は僕の横をすりぬける、僕は可笑しくなる、表通りへ出る。神父になつた自分を考へる、黑服の上の十字架はすこしまぶしい、だが、黑天鵞絨のガウンの裏に淡紅色の裏をつける空想が僕を喜ばす。僕は胸一ぱい太陽を吸ふ、會堂の合唱の聲がだんだん小さくなる。僕は驛の階段をのぼる、誰も居ない、向ふ側のホームへ下りる、胸の悪いらしい奥さんがひとり、風の鳴らす青葉の音を聞いてゐる。僕はベンチに腰をおろす、風がピアノを鳴らしてゐると僕は考へる。電車が來る、中野行。

林の中にオレンヂ色の窓が見える、僕の歩みがたぢろぐ。小川の上を白い雲が流れる、不安の雲が僕の心の上を流れる。だんだん窓が大きくなる、白いヴェランダが見え出す、コーヒー茶腕の音がする。陶器の門札のヂェミロフといふ假名文字が素早く僕の眼を刺す、僕はくるりと方向を變へる、逃げるやうに僕の足が歩く。丘の下に僕は小さなカツフェを見出す、慌てゝ硝子扉を押す。乘馬服の青年とお孃さんのほかにお客は見えない、音樂が靜かに鳴つてゐる。僕は落付いてくる。窓の外で二匹の馬が草を食べてゐる、僕は煙草をふかす、その煙の中でM・C・Cの空箱が見えたり隱れたりする。僕はぢつとそれを見てゐるうちに、いつかM・C・Cの文字を、

Monopolisez 2 C. と飜譯してゐる自分に氣付く。僕はカッフェを出たくなる。こんどは追ひ駈けるやうに僕の足が歩く、林の中のオレンヂ色のバンガロオだ！ 白い可愛い門を這入る、沈丁花に僕はむせる、窓で鸚鵡がイラッシヤイ！といふ、彼女はいつも僕に、耳輪をつけた皺だらけの西洋人を想はせる。白いエプロンの日本の女中さんが出てくる、僕は名刺を出す。

——C子さん、いらつしやいますか？

——あのを、さき程先生と御一所に御出ましになりましたんですが……。今日は横濱で演奏會が御座いますもので。多分御歸りは夜ぶんのことゝ存じます。

——あゝさうですか。いえ、別に用ぢやあありません、僕の來たこと、言はないでおいてもかまひません。

門を出て帽子をかぶる。頭が重い、歩くのが厭になる、やわらかなクッションの中でぐつすり眠りたいと思ふ。向ふから三四人の女學生が來る、僕は明るい足取を見せる、憂鬱を舌の下に隱す。お孃さんたちは、アメリカの水兵のやうに笑ひながら近づいてくる、その中に僕はNの妹のR子を發見する。僕は帽子を振る、彼女は氣取つてあいさつをする、忽ち少女たちが僕を取り卷いてしまふ。

——あたしたちムサシノへ行くの。つき合はない？

——行つてもいゝ、すこし頭が痛いんだけど。

——大丈夫よう、頭なんかあ。何となくいらつしやいよう。

自動車はおしやべりな小鳥をいれた鳥籠になる。僕はひどく疲れる、默りながら話し、眼を開けて眠る。今日事務所をサボつたことが氣味の惡い不安を增す。僕は一人で霧の中を歩いてゐるやうな氣がする、だが何處かにぼんやり燈が見えるやうにも思へる。色のないインクで、僕は自動車の窓にいたづら書をする。

蜩《ひぐらし》が僕の耳の中で歌ふ
僕の口は太陽を噛んでゐる
心臓を秋のしぐれが叩く
肋骨に蜘蛛が巣を張る
誰かゞ僕の瞳の中でマッチを擦る

★

『私の心は、恰度あの噴水の周圍にある獅子のやうだ。街に向つて、吠えてゐる獅子だ。吠えてはゐるものゝ、聲を出すのではない。美しい淸水を吐いてゐるのだ。私も胸に嘆きを持つてはゐるが、今、彼等に言ふべき言葉は見つからない。お前が、この街に住んだら思案にあまる不思議が次々に起るだらう。その不思議を解くには、いつまでも默つて、その獅子の口から滾れ出る水を眺めてゐるよりほか、術はない。……』

Mデパアトの地下室の噴水の前に腰を下ろして、僕は或る小說の一節を思ひ浮べる。美しい金魚が、水から顏を上げてアツプアツプをやつてゐる、それが僕には馬鹿にもの悲しい。

『君が現在の勤務振りを止めないならば、我々は斷然たる手段を採らなけりやならん。これが君への最後の忠告です！』

晝休みに人事課へ呼ばれて受けた、恐ろしい一言が、またしても僕の血管の中を駈け始める。僕はふらふらと階段を上つたり下りたりする、約束の時間に來ないSがうらめしくなる。僕の周圍《まはり》には跫音が流れ、水音のやうに人聲が僕の耳のそばで騒ぐ、その中で、僕は自分がいくら沈まうと焦つても、ぽつくりと浮び上つてしまふゴム毬のやうに思はれる。突然僕は後ろから肩をたゝかれる。

――やあ、失敬、失敬！　ずい分待つたろ、帳尻が三錢合はなくなつてね、すつかり間誤付いちやつたんだ。おや、やに元氣のない顔してるぢやないか。

僕はSの笑ひ顔を見る、Sの聲に甘つたれたい氣がする。

――うん、今日また人事に叱られたんだ。

――駄目だなあ、君は。すこし古風過ぎるよ、ロボツトになるんだ、ロボツトに。Yを見習へよ、あ奴は一年間で、重役連の信望を一手に掴み取つちやつたんだぜ。

僕はSの顔を覗く。僕たちはこれから、意想外の好條件で大阪へ轉勤するYをT驛へ見送りに行かうとしてゐるのだ。僕は花に埋もれたYの顔を想像する、羨しさを感じる。デパアトの電氣時計を見上げる、長針は絶えず短針をぬいて走つてゐる、長針になるかセコンドになるかだ！　僕は自分に言ひ聞せる、だがそれは自分でも良くのみ込めないのだ。

――とも角、三階へ行つて何かお土産を買つてつてやらうよ。おい、これへ乘らう。

Sは苦笑ひする僕を無理にエスカレエターに引張り込む。僕たちのまはりには、初夏のパラソルが朝顔のやうに咲いてゐる、ネクタイの葉蔭で賣り子の脣《くち》が紅く笑ふ。僕はちよいと明るくなる、二階でレコードが廻つてゐるらしい。

――おや、Cちやんぢやないか。

突然Sが僕を振り返る、僕はぎよつとする、Sの指先を辿る、香水賣場の前で、C子の白い指が水晶のやうな瓶をつまんでゐる。パイプを啣へた若い男が、後ろで微笑みながらそれを見てゐる、Kだ。

――Cちやあああん！

Sがいきなり彼等に呼びかける。僕はどぎまぎする、C子が美しい手を擧げる、Kが落ち付いた態度で帽子をとる。僕は思はずSの肩に兩手をかける、僕の瞳に靄がおりる、C子の瞳が消える、エスカレエターだけが僕の足の下で氣味悪い空轉《からまわり》をして昇つていくやうな氣がする。

★

帽子から、ぽたりぽたりと滴が落ちる、長いコンクリートの橋を渡る、瓦斯燈の頬を雨がすべる、酒臭いSの聲が、僕の肩の上を流れる。僕の煙草の火が消える、眼鏡が曇る、酒場の中でジャヅが騒ぐ。

――青春、さらば青春よ！

市役所に勤めながら詩を書いてゐるといふNが、雨の中で帽子を振り廻す、Gがよろめきながら僕の肩につかまる。

――純情ボーイ・シン君のために、諸君、吾人は再び酒場の扉《ドア》を開かうではないか！

雑誌記者のTが大聲に言ふ。僕は酔ひしれた彼等と一所に歩いてゐるのが苦しくなる、早く彼等から離れたくなる。雨に濡れた街には、ネオンサインが繪具のやうに惨んでゐる、その憂鬱な色が、僕の體の中へしみこんで僕の皮膚を染めてしまふやうな氣がする。

僕は默りこんで歩いてゐる、彼等は色々と僕に話しかける、だが僕はひとりで別のことを考へつゞける、彼等の聲がずつと遠くの方に小さく聞える、そして、それは僕からだんだん遠ざかつて行く別の世界の聲のやうに思はれる。僕は淋しくなる、彼等の話の仲間入りをしやうとする、然しそれは出來ない、僕は心の中で大きな聲で、『Cちやん！　Cちやん！』と喚きながら、唖のやうに歩く。

――僕は、遅くなるから失敬するよ。

思ひ切つて僕は言ふ、彼等はがやがや叫びながら僕を引きとめる、僕は逃げるやうに慌てゝ自動車を呼ぶ。

――純情ボーイ、バンザアイ！

――首を大切《だいじ》にしろよ！

――タイピストのPさんによろしく！

――ロボットになる事だ、忘れちや駄目だぜ！

赤い顔がロ々にど鳴る。

自動車の窓の中で、街路樹の下に濡れそぼつた友人たちの黒い影が、だんだん小さくなつていく、雨に風が交つてきた。僕はひどく疲れてゐる、クツションに體を埋めて、僕は靜かに眼を閉ぢる。

街には、雨が蜘蛛の巣のやうに張られてゐる、その奧の暗がりの方へ、僕の自動車は、弱々しい警笛を吹きながら走つて行く。…………………

思ひ出

長岡輝子

陽の強い
青い海邊を
古びた
幌馬車が行く、
幌の中には
萎れた花が
一杯《バイ》。

（ナポリにて）

甲板に出來たプールは
おはづかしい水溜り
印度洋の波が
のび上つては
白い齒を出して
笑つて行く。

（照國丸にて）

× × ×

セーヌ河には長閑な魚釣りが、
私の神經には憂愁ばかりひつ掛ゝる。

× × ×

羽の生えた自轉車に乘つて
遠い所に
トンボの樣に飛んで行き度い。

× × ×

河岸《カシ》のポプラは瓦斯燈で
濡れてる樣ね、
巴里の灯《ヒ》を浮べた
夜のセーヌは
糸の切れた首飾り、
誰でせう?
こんな世界に
浮氣を放し飼ひにするのは?

× × × 　　（巴里にて、）

飴をしやぶり乍ら
じつと思ひ更ける、
あの人の黒い瞳、

私は自分が厭になつた。

×××

貴方の愛情は
疊の目の様に細かい。
私は
友禪模様の座蒲團の様に、
其上で

濃艶に笑つて見せる

× × ×

紋付き羽織の虚無僧が
五拾錢タクに轢かれた!!
あゝ神樣!
誰が此の仇を討ちますのやら、
東京!?
地球には不思議な街が御座います。

（東京にて、）

硫酸紙の假面

若園清太郎

短距離徒歩競走に於て、その出發は最も重要である。合圖の銃聲におくれてはならない。出發のときの半米突の差は、その短距離走者の全コースにつきまとふ。だが、フライングしてはならない。何故なら、三回のフライングはその選手にハンディキャツプをつけるから。愼重にして且機敏であることが必要だ。人生の『出發』。それは恰も、この短距離徒歩競走に酷似してゐる。……が、僕の人生の『出發』。それは實に悲慘だつた。月足らずで誕生した爲である。しかも人工出產だつた。かうして、人生の『出發』の最初から僕は、ハンディキツプを背負つたまゝスタートをきらなければならなかつた。

かうした僕の誕生！　それを神は『善と観給ふた』か、どうか僕は知らなかつたが、少くも僕にとつて『僕の誕生』は無意義なものであり、不幸なものの樣に思はれた。それは二十五年の生命の繼續であり、それは平凡な生理現象の外の何ものでもなかつた。

身邊雜事、倦怠、瞬間的な快樂、脆弱な少年時代の思ひ出、悲しみ、よろこび、憤怒、憂欝、藥品、病室、等々。それが僕の二十五年の生活に充滿してゐたところのものであつた。が、かうしたものを總括し、淸算して見ると、そこには眞理の極く微な一點さへも僕は發見することが出來なかつた。僕は誕生と同時に、時間と共に進行した。二十五年間もその進行は繼續した。が、振り返つて見ると、そこに、僕は、自己の誤謬と、常に自分に錯覺を起してゐた自分とを發見するだけであつた。

『二十五年間も僕は前の方に進行してゐた！』

と思ひ込んでゐたが、それは、僕に、僕の出發の地點にじつと立ち留まつてゐたことと、空間は僕の二十五年の進行に、何の影響も與へられてゐない事をさとらせた。その二十五年間の絶へざる進行。その內に僕は絶えず死の神祕的な暈《ニユアンス》を感じてゐた。死の混淆した刺靑を左腕に彫刻してゐる自分を僕は發見した。が、いつも、奇蹟は、恰も僕の『死』を惜しむかの樣に、僕が死のくらがりのなかに入ることを阻示した。けれども、僕は斯うした奇蹟の親切をあまり好まなかつた。寧ろ、それに對して不快さへも感じてゐた。『よけいなおせつ介だ！』。僕は奇蹟に對して屢々、粗暴な言葉を投げ與へた。（が、實際は、決してさうでなかつた。事實を云へば、僕は、斯うした奇蹟の親切に對して臆病にも感謝してゐた。が、それにもかゝわらず、僕は負惜しみが、僕の虛勢を張る心が、正直にこの奇蹟の親切に對して、感謝をのべることを拒んだのであつた。）

　僕の肉體。それはすでに僕が十九歲のときから石化してゐた。

二十二歲の時、僕の左の肺臟は完全に廢物となつた。それにもかゝわらず、僕の肉體は僅かに藥によつて辛うじて活動を續けてゐた。

　それは人工的な保護によつてわづかに花を咲かせる溫室の花に似てゐた。その季節になると、この草花は色あせた花を南に面したガラス張りの中に咲かせてゐた。が、僕は人々の讃辭が——この花に對して與へられるのではなく、この『温室』出來の花によくこれだけの花が咲くと云ふ讃辭であることを看ぬいた。

僕を毎日、朝と夕方の二回づゝ、診察するこの轉地療養所のＮ醫學士にしても、僕を受持ちの看護婦にしても、僕が憂欝な顏をしてゐるとすぐ『あなたの身體は必ず癒りますよ……』と、僕に慰めの言葉をかけてくれるのであつた。が、僕の病的に鋭い神經は、それらが氣やすめの言葉、病院の常套語であることを看拔いた。そして、彼等が醫務室で、看護婦たまりの室で、同僚達に話すであらう……僕の評判を、僕は識つてゐた。

そして僕の想像した彼等の會話が、僕の不快を加速度に增したのが常だつた。六年間の不愉快な憂欝な、藥品くさいサナトリユムの生活。そしてこれから一たい何時まで斯うした不快な生活が繼續するのか、繼續されるのか、それを考へると僕は一層不愉快になつていらいらした。僕の神經は熱を加へられた寒暖計の赤い液の樣に上昇した。

僕は意識的に狂人じみた眞似をする。こんな時に必ず高い熱が發作の樣に僕の肉體中に襲ひかゝつた。

が、斯うした不愉快な無意味な生活を僕がどうして續けてゐるのか、それを僕はよく識つてゐた。

僕が『生』を欲してゐるのは彼女の爲だと、僕は心のうちで思つた。そして、彼女の月に一回の訪問がどんなに僕の生活に重大であり、それがどんなに僕の生活の總てであるかを僕は意識した。

僕の生活から彼女を排除すること、それは僕の生活を、無意義のために、空虛のために――恐らく自殺させるのに等しい苦痛だつた。

彼女の爲に、僕はゆるやかに石化し感覺を失つて行く僕の體に一縷の希望をつないでゐた。人生の餘白を期待してゐた。そして『早く良くならなければならない。』と何時も車の空轉《からまはり》の様な無駄な努力を續けてゐた。たしかに、それは空轉であつた。併し、僕は偶然を期待してゐた。長い空轉のうちに、一度位は、偶然に齒車と齒車が嚙みあふことがあるかも知れない。と。

僕は伯母と時子との月に一回の訪問。それは僕をどんなに慰め、サナトリュムの生活の陰欝をどんなに明るくしたか、わかりはしない。その日、一日、僕は藥品の不快な香《オドール》を忘れて了ふ事が屢々であつた。

彼女が來る日、僕は看護婦にいつてあまり生へてもゐない髭を剃つて貰つたり、何回も鏡に向つて顏をうつして見たりした、伯母と一緒に、時子が這入つて來る。僕の聽覺は彼女達の足音を廊下の遠方に聞いた。その足音が近づいて、扉のハンドルが廻る。其時、僕の胸はわくわくした。そして、僕は、自分で滑稽と思はれる位に、出來るだけ病人らしくない態度を採るのであつた。

伯母は來ると大抵、必ず僕を受持つてゐるN醫學士に面會し、そして、僕のサナトリュム生活の費用の支拂、看護婦達への心附、僕の身邊についての細々した依賴等、で時間の大部分を費した。――そして伯母が再び僕の病室に戻つて來るのは大抵、二三時間の後であつた。

その間に、時子はもつて來た花束を花壜にさしたり亂雜にした卓子の上を整理したり、時には、カンバスをわざわざ持つて來て、僕の病室から眺めた海の風景や靜物などを丹念に描いた。さうしてそれを壁にかけたりした。僕は、彼女のかうした優しい心づかひがしみる程うれしかつた。僕は彼女がカンバスに向つてゐる時、彼女の後姿や橫顏を眺めつゞけた。何もする事がない時、彼女はトランプの『一人占』をした。

が、最近誰からか敎はつて來てそれを僕の戀愛の爲めに占つて與れたりした。トランプの『ひとり占。』

彼女は僕の年齢だけの枚數をとつて、そのうちから四枚のトランプを取り出す。ハートのヂヤツク。ダイアのキング。スペートの8、クラブの10。――彼女はそれを判斷する。

『あなたは今、その女性《ひと》を熱烈に愛してゐらつしやるのね。そしてその女性《ひと》もあなたに可成熱烈だわ。その程度はあなたの方がその女性《ひと》より上よ。後援者がゐますわ。けれど氣をつけなくつてはいけなくつてよ。邪魔者が入りこんでくるから……。』かうした彼女のトランプ占に對して僕は鼻であしらつた樣に輕蔑した。そして、『占なんて云ふのは賭博と同じ樣につまらないものさ。トランプには裏がある。だから面白いのだ。もし、裏がなく、表ばかりで、つまり總てのトランプをあけた儘勝負をやつたら。それこそつまらないものさ。君のやるその戀愛占だつて、それは表をあけてやるトランプのゲームの樣に丁度――つまらないものさ。何故なら――こんな肺病患者の僕になんか……』と、云つて默つてしまふ。が、實際は、僕の心は全くその反對だつた。

『馬鹿々々しい!』と輕蔑してゐる樣な態度をとるが、事實はさうではなかつた。無關心な風を裝ひ乍ら、その假裝の裏で、僕の注意力は熱心にそのトランプ占の結果をみつめ、それを案じてゐた。ハートが出ると、僕の心はほつとした。そして、彼女の云ふ『その女性』を彼女に結びつけ『後援者』を伯母に考へた。が、かうした彼女のトランプ占は僕の彼女に對する想像をこんがらかせ、彼女の心を益々わからなくさせて了ふ。――

『惡いトランプが出ても、これは遊びなんだから怒つちや厭よ……』と云ふ彼女の言葉は、僕に、その裏にある反語がひそんでゐる樣に思はせる。が、また『遊び』にしか過ぎない樣にも思はせる。

　此の僕の想像はたしかに適中してゐた樣に思はれた。が、僕自身が彼女の本心を見拔いてゐた間に、彼女も僕の本心を見拔いてゐた。トランプの戀愛占の判斷によつて變化する僕の顏色によつて、また、僕のつけてゐる假面の下からはみでてゐる僕の本心に依つて。（この人は、たしかに噓言をついてゐる。こんな肺病患者のこの人に戀人なんかある筈がない、と、この人は云ふ。が、それはたしかに嘘言だ。私がさつき、『あなたは今、その女性を熱烈に愛してゐらつしやるのね、そしてその女性もあなたに、可成熱烈だわよ。』と云つた時、この人の顏色の變化は――たしかに誰かを愛してゐる。若し、誰か愛してゐるとすれば。……それだのに、――この人は……。私ではないとしたら、ここの看護婦かも知れない。いゝえ、やつぱり私であるのにちがひない。私だとすれば、何故、私を愛してゐるとは云はないのかしら？　この人は、どうしてそれが云へないのか――それは、きつとこの人は肺病であることを氣にやんでゐるからにちがひない。若し、――そして、この人は、私と同じ樣に、さうした自分の感情を露骨に表はすことを輕蔑してゐるのにちがひない！）と彼女は思ふのだつた。

が、彼女の讀心術を僕は知つてゐた。二人はお互に相手の心を讀んでゐた。が、それに氣附くと、二人は急に狼狽した。自分の心の奧底まで見透されたことを輕蔑し、嫌忌する氣持が、見透されて了つたのにもかゝわらず、尙、その心をかくさうと努力する。心にもない『不幸な』虛僞を云ひ合ふことによつてお互の心を誤魔化さうとする。が、總ては何の役にもたゝなかつた。――お互は部厚なボール紙で出來た假面をかけ合つてゐたつもりでもそれは單に、すき透る硫酸紙のマスクでしかなかつた。（その硫酸紙の背後にあるお互の顏を、各々は、はつきりと見合つてゐたのだつた。）心の均衡が失はれた事に依つて鋼條鐵道に乘つた時の樣な不安定を二人はお互に感じ合ふ。あまりに激しいシーソーの上下運動のために二人は恐怖を感じて飛びおりる。

伯母。それは二人にとつて、斯うした場合最も好都合な避難所だつた。伯母が戾つて來るする。と二人はほつとする。恰も、急行列車の正面衝突を、未然に防ぎ得た勇敢な人々の樣に。

勇敢な轉轍手たちは鐵道大臣から褒狀を貰ふ自分を、昇給する自分を、新聞の三面記事に大きく掲載される自分の『英雄的行爲』を、しかし總てが安全であつた時、『つまらぬことをした！』のに氣附く。鐵道大臣の褒狀、昇給、新聞に大きく掲載される自分の『英雄的行爲』の得意さよりも、あの時急行列車を正面衝突させたことの方がはるかに興味ある危險を、想像する。道德的觀念、英雄的行爲、それらを輕蔑しあざ笑ふ何ものかを意識する。轉轍手ははじめて氣づく。

が、總ては終りを告げてゐる。

伯母が戾つて來たために、二人は心の均衡をとりもどす。屈强な避難所を發見し、その中にとびこむ。やつとの思ひで、硫酸紙の假面《マスク》をとりはずし『安全』を感ずる。が、暫くして、冷靜が僕に、この轉轍手の樣な心を感じさせる。自分の感情を氣附かれることを怖れ、それを輕蔑する何ものかに拘泥してゐたあまり、最も重要な『好機會』を逸して了つた自分を發見する。――假面が完全にとりのぞかれて、『僕が彼女を愛してゐる』ことをたとへ彼女が識つたとしても、それは僕が考へてゐた樣に恐れてゐた結果になりはしなかつたかも知れない。寧ろ、さうした結果にの方が僕たちを幸福に導いたかも知れない。僕は始めて僕たちの『まちがつてゐた！』ことに氣附く。が、すでに零圍氣は急變してゐる。有機體の感情が、固形になつて了つてゐるのに氣がつく。

伯母。

伯母は二人のあひだにかうしたデリケートな感情が釀されてゐた事に少しも氣づかなかつた顏をする。伯母は僕を戀愛の無能力者、または、たとひ、無能力者でなくとも、僕が肺結核であると云ふ事のために、戀愛に對しては斷念してゐるかの樣に思つてゐるらしい顏をする。そしてまた、時子に對しても、彼女がこんな肺病人になんか戀を感じないとでも思つてゐるらしかつた。そして僕はかうした伯母の想像を利用する。僕は出來るだけ伯母に戀愛の無能力者、戀愛に對して斷念してゐる人間を裝つた。この僕の假面を、それがあまりに巧妙に出來てゐた爲に、伯母は氣附かない。が、時子はかうした僕の假面が、すき透る硫酸紙でつくられてゐたのを識つてゐる。

伯母が戻つて來ると、伯母の話題はいつも平凡な社會の出來事、親類のこと、家庭のこと、そして話の種が盡きると、何時も約束された樣に時子のことに就いて話すのが常だつた。こんな時に彼女は何時もてれた。そしてたまたま伯母の話が彼女の何かの失敗の話に及ぶと彼女は顏をまつかにして、それを辯解した。僕はかうした時、中立の狀態をとるが、僕は眞面目に、伯母の話のうちで彼女についての話だけに最も興味を引かれた。僕は伯母の家で行動してゐる彼女の姿を髣髴と頭のなかに描き出しながら、伯母の言葉を聞き洩らすまいとした。伯母が上品に笑ふと、僕は微笑した。僕の心を氣づかれないために。しかし時々、ちらつと、伯母の言葉が時子に或る反能を呈するのを決して見逃がすのは忘れずに。……

時々、伯母の話が時子の友人の結婚の話に觸れる。

『若しも……』――僕はそれを怖れた。が、伯母は僕の斯うした不安、怖れ、を決して感づかないらしい顏をした。

『この人も、もうそろ〱お婿さんをさがさなければね――。』伯母は出來るだけ手輕な事を取扱ふ樣に彼女（時子）の前で云ふ。この言葉は僕を苦しめた。

そして僕は煩悶する。その煩悶が僕の顏にチラツとあらはれる。と、僕は『いけない！』と思つた。その煩悶に對して伯母が（ひよつとすると、この人は時子を愛してゐるのではないかしら……）と、疑ひを抱くことを僕は怖れた。僕は急に防禦する。伯母が僕の煩悶の外郭に接觸することを。そして、わざと弱々しい咳をすることによつて、伯母の僕に對する注意を巧くみにごまかした。

が。斯うした僕の煩悶、伯母に對する虚飾を識つてゐるらしく思はれた時子は、怖れる樣に僕から視線をはずした。その彼女の視線を追ひかけると彼女は前よりも僕を見樣としなくなる。恰も、僕に捕へられるのを恐れるかの樣に。さうした彼女の態度は僕を苦しめる。何故、彼女は僕から逃れ樣とするのか、僕にはそれが分らなかつた。その疑問を解くために、さつきのトランプ占の彼女の判斷を樣々に考へて見る。しかし結極は（彼女の云ふ『その女性』は彼女自身である。）と云ふ結論にしか、そして（彼女がそれを明白云はないのは彼女のある氣持と彼女の臆病のためであり、それを言葉で云ふのを彼女は輕蔑するのだ。）と云ふ結論にしか達しない。が、その結論！　そこに大いなる誤謬があつたのだ。――滑稽な『誤算』。――その誤算に僕は少しも氣附かなかつた。何故なら、その誤算は、最初、計算者の僕に少しの困難も與へなかつたし、それが次の場合に決算に障害を與へながらもその誤算を中途できづかなかつたことが、その誤算を最後まで氣附かせなかつた。（その解答が×《ペケ》印であることを計算者の僕が氣づいた時には、すでに總てが終つてゐた。）

ある日、何時もの樣に伯母がやつて來た。が、肝心の時子は姿を見せなかつた。『時子が風邪をひいてね……』と、伯母は簡單にさう云つた。これまで時子が何かの都合で來ないことは時々あつた。で、僕は別にその伯母の言葉に對して何の疑ひもさしはさまなかつた。たゞ、がつかりした――好機會を後逸した時の樣に。そしてそれが何だか忌むべき前兆の前提であつたかの樣な氣がした。怖れが僕を捕へた。が、氣休めが、僕を安心させ眠らせた。

その翌日、また僕は伯母の訪問をうけた。が、どうしたのか時子は來なかつた。

二日も續いて來ない……と云ふことはこれまで、めづらしかつた。最初、僕は何かの差つかへの爲に後から遲れて來るんだと、思つてゐた。しかし、伯母が何時もの樣に、Ｎ醫學士と面會したり、僕についての用事其他……をすまして再び僕の病室へ戻つて來た頃になつてもまだ時子はやつて來なかつた。僕は不審を抱き始めた。が、伯母は平靜な態度で普段と少しも變らなく喋りつゞけた。その伯母の話を僕はうはの空できいてゐた。時子の顏、トランプの畫、數字で一杯だつた。ときどき、伯母が話のうちに『時子』と云ふ。と、僕の聽覺は急に甦つた。が、それが彼女にあまり關係のないことであるのを識ると、再び僕の頭は時子の顏とトランプの畫と數字で一杯になり初める。けれども不思議なことに、僕は伯母の言葉に無意識のうちに合槌を打つてゐた。この合槌は時々、滑稽に脫線することがあつた。と、伯母は僕の顏をいぶかしげにながめた。が、かうした時、僕は瞬間に、僕を巧みにカモフラーヂユする才能を持つてゐる。僕もまた、伯母の顏を不審さうにみつめるのであつた。僕のさうした巧妙なカモフラーヂユは、伯母の頭を混亂させた。(わたし、今日はどうかしてゐる?……)彼女は自分でさう思つた。しばらくするとまた前の話の續きが始まる。が、さうした事が二三回續くと、僕達は違つた意味で、僕たちのお互の不誠實さにお互に注意を拂ひ出す。僕は何氣なく、時子の今日來なかつたことを(きいて見樣)かと思ふ。が、それは、奇妙な拘泥が僕の心を樂くに喋らせない。それと共に『僕は時子を愛してゐる。が、それを誰にも悟られてはならない。——伯母ばかりにでなく、その時子にさへも……』と僕は思つた。僕の逡巡が時間を容赦なく經過させた。

五時が鳴つた。

伯母はもう半時間程もすれば歸るだらう。さう思ふと、僕は氣をとりなほして伯母に尋ね樣と努力するが『時子』の『と』の字の發音にさへ困難を出す。(僕は多少どもる癖を持つてゐた。それが僕に『と』の字の發音に一層の困難を與へた。)暫くすると、伯母は着物の襟を合した。それは伯母の歸り仕度の豫備行動であつた。

歸るんだな……と、僕は思つた。その僕の圖星は見事に當つた。伯母は椅子から緩漫に立ち上つた。

(この機會だ!)と僕は思つた。

『と、とき子は、今日……』

僕は少しどもり乍ら云ひ了つた時、僕の赫くなつたのを意識した。が、その僕の不意の言葉は伯母の上半身にかなり強い衝動を與へたらしかつた。が、僕はその伯母のぎくりとした動作に總てを讀みとつた。僕は出來るだけ平靜を裝つた。さうした平靜を利用することが此場合、伯母の『衝動』をあばくのに最も必要であつた。

伯母は一瞬間、何かを考へてゐるらしかつた。が、それは直ぐにほつとした樣に、そして何か急に思ひ出す樣に語り出した。

『わたし、一たい、今日はどうしたと云ふんでせうね、あなたに云はなければならない肝心のことを忘れてゐたりなんかして……わたし此頃、健忘症にでもかゝつてゐるのかしら……家にゐても、しよつちう物事を忘れるんですもの……』

そんな事を云つてから再び椅子に座つた、かうした伯母の態度。僕はそこに伯母のみえすいた不自然さをみとめた。伯母が健忘症に——僕はそれを信じなかつた。伯母の日頃の整然とした動作、數學的な行動を識つてゐただけに、たしかに何かをかくさうとつとめてゐるのを僕は感じた。併し、僕は、僕自身不安定な、不吉な豫感を信じてゐた。僕は、夜、氷のはつた湖水の上を疾走する自動車の樣な不安、恐怖を感じた。

暫くの間、二人の間に沈默がながれた。伯母は自分のとつた不自然な態度が意外に雰圍氣を惡化した事にはじめて氣づいたらしい。僕の平靜のうちに閃く訊問的なまなざし。伯母の態度から何かを探索する僕の鋭い視線。それをたしかに伯母は感知した。伯母はたしかに動搖する位置、狼狽する心を感じてゐた。が、それを僕に看破られることを恥辱と思ふ伯母の心が伯母に平靜を装ふことを强要した。それを僕がよく識つてゐたにもかゝわらず、伯母は完全に僕を誤魔化しおゝせたつもりでゐた。——そして、平靜な態度で、ゆつくりした調子で話し出した。それは僕が豫想してゐた通り、矢張り時子のことだつた。しかも、僕が最も怖れてゐた時子の結婚の話だつた。先刻からの伯母の不自然な態度、言葉の暈《ニューアンス》で、それが時子の結婚？　であるらしいことを豫想してゐた。が、未だそこに一縷の望をつないでゐた。僕の心は混亂し、僕の肉體は危險さを少しづゝ感じ初めた。

恰も、高障害物競走《ハイハードル》で勝算のないことを豫想して走つてゐる最後の走者が（若しかすると前に走つてゐる走者が障害物にひつかゝつて轉ぶかも知れない……そのために自分が三等に食ひ入ることが出來るかも分らない……）と考へながら決勝點近くまで走りつゞける。その走者の心理の樣に。が、決定のピストルがなる。その時のこの走者の樣に、今更の樣に僕は失望する。その失望が瞬間のうちに心の無秩序を惹起させた。嫉妬が混合する。が、伯母がゐる間は未ださうでもなかつた。伯母に僕の本心を氣づかれることを怖れる、それを恥辱と思ふ心が、僕の强情が、これ程の興奮、肉體の異常から僕を擁護した。が、伯母が歸つて了ふと、

僕のはりきつた心、感情は一時に爆發した。

伯母がさつき云つた『時子もその人とは二三年以前から交際してゐてお互によく理解し合つてゐたしするから……』と云ふ言葉を思ひ出すと、それを今まで僕にかくしてゐた時子の態度に烈しい憤りを感じた。しかも、時子だけでなく伯母までが、樣々な嘘言をつくことによつて時子をなるべく僕に接近させない樣にしてゐた事を知つて僕は口惜しかつた。

《先月、時子が來なかつた。それを伯母は『時子が風邪をひいて……』と云つた。が、それは嘘だつた。そして今度は『結婚の仕度やいろいろとした用事のために今日時子は來ることが出來ませんでした』と云つた。が、それも嘘だつた。『時子は來る事が出來なかつた！』のぢやない。『時子は來るのが怖ろしかつたのだ、僕の顔を見るのが。』それに伯母も伯母だ！　僕に見えすいた嘘をいつてゐる。さつき、僕が時子の事を尋ねた時、思ひ出した樣に云つた。それを健忘症と云ふ體のよい口實でごまかした。僕の目をくらますたあに！》僕は伯母の正體の總てが、詭計、不誠實、虚僞で充滿されてゐる樣に思つた。

『欺されてゐた』と云ふ意識、『欺されてゐた』と云ふことを識らなかつた自分の無智に對する輕蔑、それらが僕の憤りを極度にもちあげた。狂人の樣に喚いたり泣き叫んでみたりしたくなつた。激しい衝動が僕の肉體の中を全速力でかけめぐつた。それは肺藏のなかで、心臟のなかで、神經系統のなかで激しく衝突し、暴れまわり、跳ねまわつた。さうした行動が僕に激しい痙攣を與へた。その痙攣が休止すると、僕はやにわにシーツをずたずたにひきさき、手を延して卓子の上にある藥罎、葡萄酒、花罎をとり、それらを次々に床の上にたゝきつけた。藥罎がわれる。藥液がリノリユームの上にひろがる。そのひろがつた藥の上に血液の樣に葡萄酒が爬蟲類の樣に這つた。まつしろな薔薇が朱にそまる。

そして、いつか、彼女が造つてくれたリリヤンの人形を鷲摑みにしてそれをひきさく。彼女の印象を破壞する……。さうした行爲のうちに僕は復讐の快感を味つた。然し、これらはすべて僕の心のうちで行はれたのではあつたが。

斯うした僕の野蠻な振舞、烈しい興奮、急激な運動が僕に眩暈を起させた。渦卷をみた。僕はベツドからうつむけになつてリノリユームの床に轉倒した。そして意識が次第に失なはれて行くのを感じる。僕は喀血した。

總てのものが渾沌としてゐた。それは永劫の樣にも思はれ、また一瞬間の樣にも思はれた。

　僕が完全に意識を囘復したのは、僕が昏睡狀態に入つてから四日程後のことだつた、渾沌とした靄のうちに透明體が生じ、それが次第にひろがり、遂に現實の總てが僕の視界に露出した。そしてカンフルの香を感じながら、僕は、僕のベツドの傍に不安さうな、僕の顏をみつめてゐる伯母と時子の蒼ざめた顏を見出した。僕の視線が伯母の視線に結びつくと、伯母の表情はみるみるうちに溶解した。時子は伯母の背後に小さくなつてゐた。僕の視線が伯母から時子の顏に移つた時、二人の視線は思ひ合せた樣に遭つた。が、彼女はすぐに視線を僕の焦點から外した。たしかに彼女は泣いてゐた。その泪は僕に憐憫を乞ふてゐる樣であつた。が、僕はその泪の玉を火焙の點火人足の樣な慘酷さ、冷靜さでながめた。彼女の美しい頂、生へ際は僕に醜惡を感じさせた。そして僕は彼女の姿の總てに不快を感じて目を外した。僕の鋭い神經は、伯母がどうやら、こんどの出來事の原因をうすつす感付いてゐることを讀みとつた。（たしかに、この人は時子を愛してゐたんだわ……）伯母の目のうちにさうした文字がありありとかゝれてゐた。伯母はそれを確かめるために、僕と時子についての過去の樣々の思ひ出を引つぱりだしてそれを檢算してゐるのを僕は認めた。が、しかし伯母の視線のうちに（だけれど、この人はまあ何と云ふ圖々しい人だらう……こんな癖に。）と云ふ伯母の輕蔑を感じた。伯母は遂に僕が假面をかけてゐたことを氣づいたのだつた。

　その伯母の感じ方と、僕の鋭い感覺とが、伯母と僕との中間で衝突した。そして、そこにぎこちない暈《ニユーアンス》が釀され、その暈はお互に輕蔑し合ひ、なじり合ひ、口論し合ひ、囘避し合つたりする。かうした暈の交渉が二人にきまづい思ひをさせ、かつてこれまで少しも見かけなかつた溝を、いつの間にか僕と伯母との間に生じさせてゐるのを僕は見のがすことが出來なかつた。そしてその溝はみるみるうちに擴がつて行つた。たしかに伯母もそれを意識してゐた。お互ひの心は透視し合つてゐた。にもかゝわらず、お互ひの心はそれを隠蔽《かく》すために、心の前に中央に大きな穴のあいてゐる楯で防禦した。時子はさうした僕と伯母とのデリケートな感情の衝突を氣づいてゐた。が、その過中に卷まこまれることを怖れて出來るだけ僕の視線のとどかぬ處へ逃げた。それを僕は追はうとは思はなかつた。何故なら、この場合、僕にとつて最早、時子は問題の外の人でしかなかつたのだ。時子と僕との交渉それはすでに僕と伯母に移つてゐたのだ。

三人は默つてゐた。三人はお互に『最初に』口をきり出したものが、この場合最も苦しい立場におかれることを識つてゐた。その爲誰にも口をきらなかつた。さうした沈默のためにきこちない空氣が流れてゐた。若し、この儘にしておいたら……三人は其結果をよく知つてゐた。が、誰かゞ口をきるにながいない！　それが餘計に沈默を守らせた。

が、僕は斯うした壓迫される様な空氣のなかにゐることが、もうこれ以上たへられなくなつた。永い昏睡狀態、肉體の衰弱、それらの爲に、壓迫する空氣の壓力に抵抗することが出來なかつた。そして僕は『もうどうとなれ！』と云つた捨鉢な氣持ちで、遂に最初の口をきつた。

『伯母さん、心配をかけてすみません……』

僕の云つたのは、たゞ、これだけだつた。これだけより僕は云ふことが出來なかつたのだつた。僕は（僕が三人のうちで最も苦しい立場におかれる）ことを豫想した。が、事實は全然反對だつた。たつたこれだけの言葉にかゝわらず、これはみるみるうちに部屋中にひろがつて行つた。そしてその爲に今まで蟠まつてゐた不調和が急に變化された。その『平和』の壯嚴が伯母と時子に感激を與へた。そしてその彼女達の泪は恰も僕に謝罪してゐるかの様に思はれた。が、この時、その無意識のうちに、僕の泪は今まで僕の抱いてゐたエゴイズムを知らぬ間に嬌正してゐた。

(あまりに僕はエゴイストだつたのだ！)と僕は思つた。僕は伯母と彼女に謝らうと思つた。が、しかし、その瞬間それを妨害する何かゞあつた。僕は、その爲に『平和』は再び逆轉するのを感じる。伯母と僕との間の狹められた溝は再び擴がつて行くのを感じる。しかし、それを僕は『しまつた！』と思ひながら、最早、もうどうすることも出來ない。

無感覺な一週間が過ぎてゐた。それが僕の人生の後半であつたかの樣に思はれた。僕にとつて最後の希望であつたもの。そこに僕は人生の餘白を期待してゐた。そして何時も車の空轉の樣な努力を續けてゐたのだ。が、空轉はやはり空轉でしかない。餘白は遂に白紙のまゝで頁が繰られる。僕は生きて行く事の無意義と倦怠を感じる。『僕』と云ふ小說は二十五才で大團圓を告げるべきであるやうに、僕は思つた。

ある夜、僕は死なうと思つた。……僕は死を怖れなかつた。死をヒロイズムだとも、何にも感じなかつた。死！それが『僕』と云ふ小說の最後の點である樣に思はれた。

が、催眠劑を包んだ紙を口まで持つて行つた時、『僕は自殺してはいけない！』と僕は思つた。若し僕が自殺する。すると、伯母と時子はそれをどう考へるだらう……。僕の自殺！　それによつて『僕』の總てが分るのだ。あざわらふ。僕はそれを考へた。

《そうだ！　僕は最後まで假面をかぶりつゞけなければならない。伯母と時子はたしかに僕が時子を愛してゐた事を識つてゐるに違ひない。が、彼女達は、僕が想像してゐる彼女達でないかも知れない。僕の假面がすき透る硫酸紙である事を彼女達は看抜いてゐないかも知れない。》僕は彼女達の前で一度でもその硫酸紙の假面をはずしたことのない事を思ひ出す。

《この硫酸紙の假面を最後まではずしてはいけないのだ！》　と僕は思ふ。僕は再び催眠薬の包紙を包みなほして、それをベッドの下にかくしてしまふ。

『硫酸紙の假面を彼女達の面前で僕は一度だつてはずしたことがない』　と云ふ確信が僕の自殺を思ひとどまらせ、僕を勇氣づけた。が、僕は一たい何の爲に生きてゐるのかゝが分らなかつた。『僕』と云ふものが分らなくなつたり、『僕』の存在に恐怖を感じたりした。そして、樣々な想像、肉體的苦痛がはげしく僕を苦しめた。その苦しみから逃れ樣とすればする程、僕は苦しむ。心が命令しないのに動く手。それが僕に最も怖かつた。

ある日、僕は一匹の蛾が卓子のはしにとまつてゐるのをみつけた。蛾が大嫌いであつた僕は、すぐ『殺してやらう……。』と思つた。そして鉛筆をとりあげた。が、それを蛾に近づけてねらひを定めた時、蛾は前脚をかすかに顫はせた。僕は殺さなかつた。蛾は長い間そこにとまつてゐた。（終）

ふるさとに寄する讃歌

夢の總量は空氣であつた

坂口安吾

私は蒼空を見た。蒼空は私に泌みた。私は瑠璃色の波に噎ぶ。私は蒼空の中を泳いだ。そして私は、もはや透明な波でしかなかつた。私は磯の音を私の背髄にきいた。單調なリズムは、其處から、鈍い蠕動を空へ撒いた。私は窶れてゐた。夏の太陽は狂暴な奔流で鋭く私を刺し貫いた。その度に私の身體は、だらしなく砂の中へ舞ひ落ちる靄のやうであつた。私は、私の持つ抵抗力を、もはや意識することがなかつた。そして私は、強烈な熱である光の奔流を、私の胎内に、それが私の肉であるやうに感じてゐた。

白い燈臺があつた。三角のシヤツポを被つてゐた。ピカピカの海へ白日の夢を流してゐた。古い思ひ出の匂がした。佐渡通ひの船が一塊の煙を空へ落した。海岸には高い砂丘がつづいてゐた。冬にシベリヤの風を防ぐために、砂丘の腹は茱萸《グミ》藪だつた。日盛りに、蟋蟀が醉ひどれてゐた。頂上から町の方へは、蟬の鳴き泌む松林が頭をゆすぶつて流れた。私は茱萸藪の中に佇んでゐた。

その頃、私は、恰度砂丘の望樓に似てゐた。四方に展かれた望樓の窓から、風景が——色彩が、匂が、音が、流れてきた。私は疲れてゐた。私の中に私がなかつた。私はものを考へなかつた。風景が窓を流れすぎるとき、それらの風景が私自身であつた。望樓の窓から、私は私を運んだ。私の中に季節が育つた。私は一切を風景に換算してゐた。そして、私が私自身を考へた時、私も亦、窓を流れた一つの風景にすぎなかつた。古く遠い匂がした。しきりに母を呼ぶ聲がした。

私は、求めることに、疲れてゐた。私は長い間ものを求めた。そのやうに、私の疲れも古かつた。私の疲れは、生きることにも堪え難いほど、私の身體を損ねてゐた。私は、ときどき、私の身體がもはや何處にも見當らぬやうに感じてゐた。そして、取り殘された私のために、淡い困惑を浮べた。私の疲れは——たとへば、茱萸の枝に、私は一匹の昆蟲を眺めてゐるのであつた。昆蟲は透明な羽をかぼそく震はせてゐた。私は私の身體が、また透明な波であることに氣付いてゐた。それは靄よりも輕い明暗でしかなかつた。昆蟲の羽の影が、私の身體にあわく映つてゆれた。赤熱した空氣に、草のいきれが澱んでゐた。混蟲は飛び去つた。そしてその煽りが鋭く私の心臟を搏擊したやうに感じられた。太陽のなかへ落下する愉快な眩暈に、私は醉ふことを好んだ。

長い間、私はいろいろのものを求めた。何一つ手に握ることができなかつた。そして、何物も掴まぬうちに、もはや求めるものがなくなつてゐた。私は悲しかつた。しかし、悲しさを掴むためにも、また私は失敗した。悲しみにも、また實感が乏しかつた。私は漠然と、擴がりゆく空しさのみを感じつづけた。涯もない空しさの中に、赤い太陽が登り、それが落ちて、夜を運んだ。さういふ日が、毎日つづいた。

何か求めるものはないか?

私は探した。いたづらに、熱狂する自分の體臭を感ずるばかりだつた。私は思ひ出を堀り返した。そして或日、思ひ出の一番奥にたたみこまれた、埃まみれな一つの面影を探り當てた。それは一人の少女だつた。それは私の故郷に住んでゐた。辛うじて、一、二度、言葉を交した記憶があつた、私が故郷を去つて以來——十年に近く、會ふことがなかつた。今は生死も分らなかつた。しかし、堀り出した埃まみれな面影は、不思議に生き生きと息づいてゐた。日數へて、私は、その面影の生氣と、私自身の生氣とに區別がつかなくなつてゐた。私は追はれるやうに旅に出た。煤煙に、頰がくろずんでゐた。

私はふるさとに歸りついた。

ふるさとに、私の生家はもう無かつた。私は、煤けほうけた旅籠屋の西日にくすんだ四疊半へ、四五冊の古雜誌と催眠藥の風呂敷包みを投げ落した。

雪國の陰鬱な軒に、あまり明るい空が、無氣力や、辛抱强さや、ものうさを、强調した。鉛色の雪空が、街のどの片隅にも潜んでゐた。街に浮薄な色情が流れた。三面記事が木綿の盛裝をこらして……。私はすでに、エトランヂエであつた。氣候にも、風俗にも、人間にも、そして感情にも。私は、暑氣の中に懷手して、めあてなく街を步いた。額に、窓の開く音が、かすかに、そして爽やかに、絕え間なくきこえてゐた。その音は、街路樹の睡つた、しづかに展ける一つの路を私に暗示した。それは如何なる寂しさにも、私に路を步ませる力を與へた。私は疑ひ深い目で、行き交ふ全ての女を見た。行き過ぎてのち、あれがその人ではないのかと、半ば感情を皮肉るやうに、私は常に思ひ込もうとした。私は腹の中で笑つた。私は、かたくなに、振り向くことを怖れた。全ては遇然であれ。私の悲しみも、私の戀人も(いはば笑ふべきインテロゲエションマークである戀人も)、遇然と共に行き過ぎよ。あれがその人ではなかつたかと思ふ追悔によつて、おまへの悲しみは玉となる日があるであらう、と。

彼女とは?……いつたい、彼女とは誰であらうか? つきつめて思ふとき、彼女の面影は、いつもその正確な輪郭を誤魔化し、私の目から消え失せるのであつた。消えてゆく形を追ふて、私はいそいで目をつぶるのであつた。もはや、暗闇だけがそこにあつた。私はそこに、一つの面影を生み出さうとした。黒色の幕に、私は白色の圓形をおいた。私はそれに、目を加へ、鼻を加へ、口を加へやうとした。私は、私のミューズが造型の暗示を與へるまで、しづかにその圓を視守らうと努めるのであつた。白色の圓は意地悪く伸縮した。そして私が一點を加へやうとする度に、陰険に、他の一點を消し去らうとした。私はそれを妨げるために、私の點描に速力を加へるのであつた。私の痼癖にそうて、圓も亦旗のやうに劇しく搖れた。あきらめて、私は目を開けるのであつた。さわやかに目に泌むものは、家や木や道や、すべて太陽に呑まれた現實の夏であつた。私はそれらを、奇蹟のやうに驚異して、しばらく呆然と視いるのであつた。頰に這ふ汗を、私は知らず拭いてゐた。

彼女はいはば、私の中に、このやうに實感の稀薄な存在であつた。私は、少女の彼女を記憶の中に知つてゐた。それは疑ひもなく眞實であつた。しかし彼女は、私の知らぬ間に、私の中に生長してゐた。そして、私の中に生長した彼女は、もはや現實に成育してゐる彼女とは別の人であるのかも知れなかつた。私の中の彼女は、いはば一つの概念であり、一つの象徴であるのかも知れなかつた。しかし、その概念を追ふて、北國の港町へ太陽を泳いできた私は、概念でもなければ、象徴でもなかつた。それは現實の私だつた。現に今、ものうい路に埃を浴びて歩いてゐた。疲れてはゐるが、生命と、青春を持つてゐた。それ故彼女も生きてゐた。彼女は力であつた。一目見ることのほかに、そして彼女を追ふことの外に、私に何の計算もなかつた。

かやうな私を眺めやるとき、私は私が、夢のやうに遠い、茫漠とした風景であるのに氣付いてゐた。私は、ふるさとに點々と私の足跡を落しながら、この現實の瞬間が、思ひ出されてゐる夢であるやうな遠さに、いつも感じつづけてゐた。私は、その夢を、その風景を、あかずいとほしんだ。風景である私は、風景である彼女を、私の心にならべることをむしろ好むのかも知れなかつた。そして風景である私は、空氣のやうに街を流れた。街を燕が、そして私を、横切つていつた。

街の埃と、街の騷音が、深く私に泌みてゐた。ただ孤り、しづかな杜に潛む時でも、皮膚に泌みた街の騷音が、私の身體をとりかこんでゐた。砂山で、高くはれた夜の下にも、皮膚にうごめく雜踏の跫音をきいた。それは夜空へ散つていつた。そして、發散する騷音と入れ換りに、夜の靜寂が、又ある時は磯の音が、さえざえと私に泌みた。何物か、私の中に澄み切らうとする氣配がしてゐた。夜空が、すべて宇宙が、甘い安心を私に與へた。

或る夜は又、この町に一つの、天主敎寺院へ、雜踏の垢を棄てにいつた。ポプラ僧院の闇に、私の幼年のワルツがきこえた。影の中に影が、疑惑の波が、半ばねぶたげな夢を落した。ポプラアの杜にアの强い香が目にしみた。さわがしく蛙聲がわいた。神父はドイツの人だつた。黑い法衣と、髭のあるその顏を、私は覺えてゐた。そのために、羅馬風十字架の姿を映す寂びれた池を、町の人々は異人池と呼んだ。池は、砂丘と、ポプラアの杜に圍まれてゐた。十歳の私は、そこで遊んでゐた。ポプラアの杜に、あたまから秋がふけた。時雨が、けたたましく落葉をたたいて走りすぎた。赤い夕陽が、雲の斷れ間からのぞいた。私はマントを被つてゐた。寺院の鐘が鳴つた。釣竿をすてて、一散に家へ、私は駈けた。降誕祭に、私は菓子をもらつた。ポプラアの杜を越えて、しもたやの燈りが見えた。窓が開け放してあつた。裸の男女が食事してゐた、たくましい筋肉が陰を畫いた。昔はそこに、私の友人が住まつてゐた。私より四五歳年上であつた。町の中學で一番の暴れ者だつた。柔道が强かつた。私は一年生だつた。私は每日敎室の窓をぬけ出して、海岸の松林を步いた。彼は優しい心を持つてゐた。彼によく似た私を、彼の墮ちた放埒から遠ざけるために、はげしく私を叱責した。人々は、私を彼の少年だと誤解した。私は町の中學を放校された。彼は獵に出て、友人の流れ彈にあたつて、死んだ。

僧院の窓はくらく、祈禱の音も洩れなかつた。何事か、聲高く叫びたい心を、私は切に殺してゐた。騒がしい食膳の音が流れてゐた。

姉が病んで、この町の病院へ來てゐることを知つた。黑色肉腫を病んでゐた。年内に死ぬことを、自分でも知つてゐた。毎日ラヂウムをあててゐた。私の父も肉腫で死んだ。その遺傳を、私は別に怖れなかつた。

姉は聰明な人だつた。子供のために、よき母であつた。そのために、姉は年老いて、少女の叡智を失はなかつた。姉は私を信じてゐた。それ故、私は、姉に會ふことを欲しなかつた。全て親密さは、風景である私にふさわしくなかつた。それは、苦い刺激を私に殘した。私は襤褸であつた。人の親密さを、受けとめるに足る彈力は、私の中に已になかつた。同じ土地に、姉の病むをききながら、見舞に行くことを、毎日見合はせた。彷徨の行きずりに、ときどき、藥品の香が鼻にまつわつた。私は目を閉ぢて、知らぬ顏をした。私はアイスクリームを食べた。匙を、ながく、しやぶつてゐた。

太陽の黑點を、町の新聞が論じてゐた。

訪れはせぬつもりで、病院の前へ私は來てゐた。私は往復した。看護婦が私を見てゐた。私は病院へ這入つた。姉は出迎へに走り出た。常人と殆んど變りは見えなかつた。ただ、死ぬことを心に決めた、實に淋しい白さがあつた。田舍から見舞に來た子供達が、丁度歸つたあとだつた。たべちらした物の跡が、部屋一面に散亂してゐた。楽しげな子供達を乘せた汽車が、私の目に勇ましく鐵橋を渡つた。子供を樂しく暮させるために、如何なる假面をも創り出す人だつた、私の姉は。姉は子供について語つた。長女に結婚の話が持ち上つてゐた。その心配で、姉は病を忘れがちだつた。私は煙草を何本もふかした。姉は私にマッチを擦つた。姉は私の吸ひがらを掌にのせて、長くそれをもてあそんでゐた。夢に植物を見ると姉は語つた。

『お前のために素敵な晩餐會を開きたい……』

その言葉を、姉は時々くり返した。私は、ルイ十四世が、かつて開いた宴會の獻立を、姉に語つた。姉は山毛欅の杜で食事をしたことがあつたと語つた。虛勢を張つて、二人はいつまでも、空々しい夢物語をつづけた。毎日病院を訪れることを約束した。子供達の見えない日には、私が病院に泊まることを約束した。

雪國の眞夏は、一種特別の酷暑を運んだ。ひねもす無風狀態がつづいた。そのまま陽が落ちて、夜も暑氣が衰へなかつた。姉はしきりに氷を擲つた。窓の外に、重苦しく垂れてゐる無果花の葉があつた。それに月が落ちてゐた。姉はそれに水を撒いた。

數日の中には、流石に一人知り人に出會つた。二三の立ち話を交へて、笑ふこともなく、別れた。又一人會つた。彼は年老いた車夫だつた。私に、車に乘ることを、しきりにすすめた。私をのせて、車は日盛りに石のある道を廻轉した。年と共に隆盛である幸福を、歌ふやうに彼は告げた。私は、よろこばしげに笑つた。幌がふるへた。ビヤホールに一人の女給が、表戶を拭いてゐた。車夫の家で、私達は水瓜を食べた。

彼女の家に、別の家族が住んでゐた。幼かつた少女が、背をもたせて電線を見てゐた門は、松の葉陰に堅く扉を閉ぢてゐた。三角の陽が影を切つた。

私は耳を澄ました。私は忍びやかに通りすぎた。私は窓を仰いだ。長くして、私はただ笑つた。私は海へ行つた。人氣ない銀色の砂濱から、私は海中へ躍り込んだ。爽快に沖へ出た。掌は白く輝いて散亂した。海の深さがしづもつてゐた。突然私は死を思ひ出してゐた。私は怖れた。私の身體は、心よりも尙はやく狼狽しはぢめてゐた。私の手に水が當らなくなつてゐた。手足は感覺を失つた。私の吐く潮が、鋭い音をたてた。私は自分が今吹き出していい欲望にかられてゐることを、滑稽な程悲痛に、意識した。私は陸《オカ》へ這ひ上つた。私は濱にねた。私は深い睡りにおちた。

その夜、病院へ泊つた。私は姉に會ふことを、さらに甚しく欲しなかつた。なぜなら、實感のない會話を交へねばならなかつたから。そして私は省るに、語るべき眞實の一片すら持たぬやうであつた。心に浮ぶものは、すべて强調と强制のつくりものにみえた。私は遇然思ひ出してゐた。彼女に再び逢ふ機會はあるまい、と。それは、意味もなく、あまり唐突なほど、そして私が決して私自身に思ひ込ませることが出來ないほど、やるせない悲しみに私を襲ふのであつた。私は、かやうな遊戯に、この上もなく退屈してゐた。しばらくして、もはや無心に雲を見てゐた。

姉も亦、姉自身の嘘を苦にやんでゐた。姉は見舞客の嘘に惱んで、彼等の先手を打つやうに、姉自身嘘ばかりむしろ騷がしく吐きちらした。それは白い蚊帳だつた。電燈を消して、二人は夜半すぎるまで、出まかせに身の不幸を歎き合つた。一人が眞實に觸れやうとするとき、一人はあわただしく話題を變へた。同情し合ふフリをした。嘘の感情に泪ながした。くたびれて、睡つた。

朝、姉の起きぬうちに、床をぬけて海へ行つた。

港に六千噸の貨物船がはいつた。耳寄りなニユースに、港の隆盛を町の人々が噂した。私は裏町に、油くさい庖厨の香を嗅いだ、また裏町に、開け放された格子窓から、脂粉の匂に噎んでゐた。湯垢の香に私はしみた。そして太陽を仰いだ。しきりに歸心の陰が搖れた。

東京の空がみえた。置き忘れてきた私の影が、東京の雜踏に揉まれ、蹂みしだかれ、粉碎されて喘へいでゐた。限りないその傷に、無言の影がふくれ顏をした。私は其處へ戻らうと思つた。無言の影に言葉を與へ、無數の傷に血を與へやうと思つた。虛僞の泪を流す暇はもう私には與へられない。全てが切實に切迫してゐた。私は生きと悲しもう。私は塋墳へ歸らなければならない。と。

バクダンがバクダン自身を粉碎した。傍に男が、爽快な空に向つて煙草の火をつけた。

私達はホテルの樓上に訣別の食卓をかこんだ。街の灯が次第にふへた。私は劇しくイライラしてゐた。姉は私の氣勢に呑まれて沈默した。私達は停車場へ行つた。私達は退屈してゐた。汽車がうごいた。私は興奮した、夢中に帽子を振つた。

別れのみ、にがかつた。

雲を賣る商人

闘　義

コネチカット號の銅羅がけたゝましく出帆を知らせてゐます。僕は人にまぎれて、船に乘つたのです。するると、僕は何故か今のさつき別れた友達の悲しげな顔を思ひ浮べるのです。友達のゐるコーヒー店で、蓄音器のエレジイを聽いてゐたら、僕はふいとどこか遠くへ行つてしまひたくなつてしまつたのです。僕はそれで、友達に一かけらのパンと一杯のコーヒーとタバコを一箱に足りるだけ、お金を貰つてチョツキのポケツトに入れたのです。友達は停車場まで送つて來て與れていふのでした。遠くへ行く友達を送るやうに。

――ぢや、またお出いでよ。

――あゝ、ぢやアバヨ。

僕はウラウラと晴れた夕方の海が見たかつた。それに知らない街へ行つて、フラフラと歩きたかつた。すると、波止場へ來たら、今出帆するコネチカツトの汽笛がなるのです。僕はそしたら、海の向ふに僕の住む國があるのではないのかと、僕は人にまぎれてこの汽船に乘つたのです。僕のチョツキのポケツトに小錢がカチカチ鳴つてゐました。

コネチカツトは世の中にサヨナラするやうな汽笛をボオッ！　とにひゞかせるのです。

夜、ションボリと僕が甲板にゐたら、船長が僕を呼んだのです。

――ね、君、君は何をさがしに NOVA-ATLANTIDA へ行くんだね？

アゴヒゲの生えた各國語を話す船長がいふのでした。

――僕は故郷がないのです。僕は凡ゆる人の混血兒だもんだから、いつも自分の國をさがしてるんです。

僕は云つた、本當に悲しかつたから。

――それで船に乘つたのだね。君のやうな人種はいつそ世界の果へでも行かなけりや君の故郷はないんだよ。

――あゝ！

僕はいつも世の人が Raison こと呼ぶ世界を飛びこえるので、昨日の新聞の樣に果ない暮しをしてゐたのです。

僕がネムリ藥ものまないで、何か安心してぐつすり眠つてゐる間に、船は進路をかへて、僕の研究した海圖にない緯度と經度の中を進んでゐるのでした。夜は星座の位置がかはつて、見たことのない星が空に手をつないでゐました。

夜と晝が何度かフイルムのやうに廻轉して、ある朝、僕は船がけむりを吐いて、氷の港に着いてゐるのを見たのです。

――こゝが君、世界の果だ、NOVA-ATLANTIDA だよ。

あたゝかさうな太陽にキラキラと輝いて、海岸に沿ふ街の建物がみんなスープのやうに煙りを上げてゐるのです。

――君、こゝぢやイギリス語が通じるのだよ。

船長は僕に六ペンスの銀貨と厚い外套を呉れて、僕にいふのでした。

僕がホテル・アブダラの二階の部屋に落ち着いて、海が見える窓を開くと、もう僕の親切な船長がゐるコンネチカツト號の姿は見えませんでした。遠く、氷の割間に光る水の上に一片の鮮やかな白い雲が浮いてゐるのが見えるのです。

僕が卓子に就くと、コツプに、もやもやした牛乳を一杯、ボォイが持つて來たのです。僕は朝の食事をすまして、世界の果の街を散歩しやうと思つたのです。

――ね、大變おいしいね、この牛乳は。

――えゝ、裏の牧場でとりたてでございます。

ボォイが僕に返事して、戸口の方を指し示めすのです。僕は何故か、この牛の乳がビールの泡のやうに輕くあまいのでうれしかつた。

――牛を見に行つても宜いの？

――ハア。

僕はこんな美味しい牛乳を呉れる牝牛を見たかつた。僕は外套を着ると、ホテルの裏庭へ出て行つて見た。すると劇場のツペル・ホリゾントをむきだしにしたやうな鐵の梯子が黄色い建ものに沿ふて高く伸びてゐるのです。

僕は手ぶくろをはめて、登り初めた。

――何てアメリカ風なんだらう！　と僕は心の中で思ふのでした。屋根の上に牛を飼ふなんて。僕が三十分も登つたら、NOVA-ATLANTIDA の氷のキラキラ光る港はもやの下で見えません。最後のステップを登りきつたら僕はボーゼンとしたのです。

雲の波が際限もなく擴がつてゐて、牛の形をした雲や馬の形の雲がフワフワとたくさん遊んでゐました。僕はフワフワと習ひ覺へたミニユエツトの足どりで、折から、一匹の牝牛の乳をしぼつてゐる男に物を尋ねやうとそつちの方へ歩いて行つたのです。

乳しぼりの男が僕にふりむいて、何かいつたので、ミニユエツトの足どりをかへたら僕は、雲の割目にズツプりもぐりこんで、急に重いもののやうに落ち初めた一散に、空のさ中に。青い空が眼の中に限りなく海よりも一つぱいになつたら、僕はも早、あのボオドレエルさえ、『小さき散文詩集』の中の異國の男に

——あの雲を!

と云はせた白い一片のたびら雲となつてフワリと空に浮いたのでした。

コネチカツト號の船長は、どこかへ半かけのたましいを忘れた人を集めては雲にする、世界をめぐるネフエリバアト（雲を賣る人）の博士です。

心の唄

古谷文子

私の胸は又もふるへる
永遠から永遠につながる
私の心の唄よ！

人間と云ふものが
どんなにはかなくても
私の心に湧き上るこの唄は
地平線の彼方にまでつゞく。

あてどのない私の心の唄は
蒼く澄み切つた大空にこだまして
はるかな果から
かなしくも心にかへり來る。

様々な思ひ出の色に
唄はふしづけられてゆく。

心に絶えず唄ひ乍ら
私は人生を過ぎてゆこう。
廣がり、廣がり、
心の唄を永遠に歌へる日まで。

一人

葛巻義敏

僕は二十一だつた。僕は、或る場處で一人の少女を見た。僕には、父親も母親も無かつた。僕の叔父はその二年前に、死んでゐた。

僕達の眼は最初、見つめ合はされてしまふ。

僕は僕の唇の輕くふるえ、かすかに興奮してゐるのを感じてゐた。僕は、僕の、上氣した頰のほてりを、かすかに感じる。

僕はその夜、家にかへつた時、――まだ寢臺の上までも、かすかに興奮してゐる自分を感じた。僕は自分を眠むらせるために睡眠藥をのむ。僕は幸福で、安らかだつた。僕は、僕の新しい生涯の初まつて來るのを想像した。僕は僕の白い枕の底に、遠くに走つてゐる自動車の音を聞きながら、白いシーツの上で、僕自身の涙を感じた。――それは、眼ぶたの內側にしか感じられない僕の「涙」であつた。

朝々の目醒めはかなしかつた。かなしみは僕自身の心を綺麗にし、僕の甘やかさを育てゝ行く樣であつた。然し、どんなに決心しやうとも、僕は、彼女たちの前で僕自身を無器用にしか振舞へないのを、發見した。それはかなしく、憂欝であつた。僕は自分を苛立たしく感じる。僕は何もしないでたゞ毎日だけが、過ぎ去つて行つた。或る日、往來を歩いてゐる彼女たちが「意地惡る」をした。僕は、僕の歩いてゐる道に、彼女たちを發見した。僕は方向を變へ様かと思つた。然し、何故か、僕は彼女たちに追ひついて行つてしまつてゐた。

彼女たちは兩肩をならべて、僕の前をゆつくりと歩いてゐた。彼女たちは少しも振向かない。さうして、僕の歩かうとする道の片側ばかりを、意識してか無意識にか歩いてしまふ。僕は通り抜けられなかつた。僕は一度などは、出しかけた足と同時に、彼女たちの一人の肩にぶつからうとしてしまふ。それは三、四人しか人の通れない往來の片側であつた。僕は當惑と同時に、譯のわからない腹立たしさと、不愉快と、それらの彼女たちへの微笑とを同時に、一緒にごつちやに感じてしまふ。僕は、滑稽に見られたくはないのだつた。

僕は彼女たちの一人の隙を見て、「失禮」とか何とか云ひながら、通り抜けてしまふ。が、僕の聲はかすれてしまつて喉の奥から出て來ない。僕は僕自身が腹立たしく、ひどく憂欝に、かなしくなつた。僕は出來るだけ快活に振舞はふとする。然し、彼女たちの二人の姿を後ろに感じれば感じる程、僕は無器用にだけでしか無く、僕の足を地につけることは出來ない。僕はその滑稽な僕自身の歩きつきを想像した。僕自身の滑稽な外套を着た姿はカルカテユアでしか無かつた。それはカルカチアユでさへも無い。もつと憐れであり、身すぼらしく、田舍臭く「滑稽」であつた。僕は自分が可哀想になつた。僕は激しい自己厭惡と不愉快な憂欝とを感じ、華かな彼女たちの笑ひ聲を數十歩後ろに聞いた。それは僕の氣の利かなさに對する好意と嘲笑と批難さへも同時に含まれてゐる様でもあつた。僕はさつき通り抜ける時にチラリと見た彼女の下を向いた眼をさけた眞面目な表情を思ひ出す。それはその惡戯《いたづら》が彼女の本心ではないことを示してゐる様でもあつた、それは堅くなり、眞面目で、かなしげに張り切つた心のあとを示してゐる樣でもあつた。僕はその態度をかなしく思ひ出した。僕は僕の性質が不愉快になつた。僕は出來るだけ餘裕のあるらしい態度を示さうとして——心の中で、明日から、彼女たちとも絶交だと叫んで見たりする。然し、僕の憂鬱は相變らず變りはしなかつた。僕は何故、僕を、もつと邪氣のなく、振舞ふことは出來なかつたのだらうか？

　それから、それは何ヶ月かの後であつた。僕たちは初めて、或る偶然の機會からお辭宜をし合ふやうになる。僕は初め、その會場の入口に立つてゐる、彼女の友人の一人を發見した。それは、彼女たちの一人である。僕は、意味もなく微笑し合ひながら、その少女は身振りで僕に會場の入口を差し示す樣にしながら、それから、突然に上體をかへしたかと思ふと、意味もなく、突然にお辭宜をしてしまふ。それは叩頭に近かい、突然の動作である。

　僕は慌てゝ挨拶をしてしまふ。僕は、——その會場の中で、彼女の姿をさがした。然し、彼女は何處にもゐない。僕は氣疲れを感じた。僕はプログラムの進行中も、たゞ後れて來た彼女たちの姿にだけ心を引かれてゐる。彼女たちは二階にゐる。僕はその方を、なるべく見ない樣にした。

　僕は突然にその薄暗い會場の偶で、二階にゐた筈の、僕の隣りに立つてゐる彼女の姿を發見した。それは一步の間隔もない程に近づいてゐる。彼女の頰は會場の空氣に上氣したのか赤い。僕はその赤さを薄暗さの中で餘計に生々した實感を以て感じる。それは僕の眼を避けさせる、近づいた顏である。僕は彼女と僕たちの餘りに近づいた間隔から怖れに似たものさへも感じる。僕たちの眼はそのやり場に困るほどに、顏と顏とを近づけ合つてゐる。彼女は素早く、その黑い瞳を變へる。それは明らかに、こちらの視線を感じてゐる、而かも感じないことを裝ほはせるために外向けられた不器用な白眼である。僕は彼女の顏を眞正面に見た。然し、彼女は、その横眼をさけた儘の表情で一瞬間、その顔を動かせない。僕は直ぐに眼をかへした。僕の視線の外で彼女の視線の再び向けられるのと。――それから、さうして、彼女は向ふを見てしまふ。僕たちはお互に、一歩近かく、隣り合はせに立ちながらも、全然他を向き合つてしまふ。僕たちはその眼を只、正面の舞臺にだけ注いでゐる。それは振向け合はされてはならないのだ。僕は僕達の心だけをしか、さうしてお互の心だけをしか、僕自身の「さびしい」こころだけをしか感じてゐなかつた。

僕たちはテラスの上にゐた。其處は明るい青や黄や綠のステインド・グラスをはめた明るいテラスであつた。僕は其處を通りぬけ樣とする彼女に、突然無器用なお辭宜をしてしまふ。僕たちは友人たちとその椅子に腰を下ろしてゐた。僕の友人たちはその無器用さに氣附く。皆んなは一瞬間默つてしまふ。彼女はかけ拔け樣として、走りかけた姿勢の儘、突然にその明るいステインド・グラスの下でさへもうす紅かい、頰を染めながら、突然、無器用に、叩頭に近かい強い會釋をしてかけ拔けてしまふ。それはほんの微かである。その部屋を通り拔けながら、走り去らうとして、何かにつまづいた樣である。然し、僕はその總てのお辭宜から彼女の總ての好意を感じてしまふ。それは僕の期待には外づれた淋しさを感じさせる。而かも、僕は、それで、充分滿足だつた。

僕は僕の友人たちの止めてしまつた會話を、突然、その續きも知らないところから取り上げて、巧みに續けさせてしまふ。僕はその樣な「器用」さ！を持つてゐる。人々は强制的に、僕の前で會話を續けなければならない。僕は人々の感じたものを感じない樣な顏をして見せてしまふ。それは一種の精神的な『暴力』でさへもあつた。僕はこの暴力のために、人々の間で、やつといま迄生き續けられたのであつた。然し、僕自身の弱い心臟と疲れを――絕えず內側で傷つけ合ひながら。

僕はその會場を出樣として、一段高い階段の上に立つてゐる彼女を見る。それは誰かをさがしてゐる樣な姿だつた。僕は、また、僕たちのお互の視線がぶつかりさうになつた時、氣附かない顏をしてしまふ。彼女は薄桃色い服裝をしてゐる。それは彼女の皮膚だけにで無くては似合はない服裝だつた。

僕はその彼女を薄明るく美しくと思つた。

それは薄暗い會場の中で其處にだけ「春」がある樣に思はれた。僕はその會場の外に出ながら、其處で話し合ひ、通り一ぺんの挨拶だけを交はしてゐる他の多くの女達と話しながら、若し、それが彼女であつたならば――どんなに「うれしかつた」か知れないと考へた。僕は少し疲れて、かなしく憂鬱だつた。

僕はその頃よく夢を見た。

夢の中で僕はしきりに彼女と何か喋つてゐた。僕たちの手は引きちぎれる樣に思つた瞬間に、僕は夢からさめた。僕はかなしくやりきれなかつた。僕は僕のいろいろの問題をはつきり考へなければならなかつた。僕は、――何故、自分がその樣に臆病なのかも考へた。それは僕の二十年近かい家庭生活のためでもあつた。僕はそれに就いて語るのをあまり好まなかつた。然し、僕の父と、母は、僕の生れた翌年に離婚してゐた。――若し、僕が僕の見せかけの最後の强氣さを失なつたならば、僕には「明日」の日はわからなかつた。僕は人々の前には出來るだけ息切れのしない僕を見せかけながらも、僕は心の底でこれを誰よりもよく知つてゐた。僕の唯つた一人の叔父は僕を愛して吳れたかも知れなかつた。然し叔父の死後、僕の不思議な「潔癖心」は、僕に何の社會的な『名聲』も、彼等の財產も、――僕は僕の名聲なんかを輕蔑し得ると信じてゐた。僕は生れた家さへ持たなかつた。

僕の生れた祖父母の家は一家離散してゐた。その祖父母の家の後をついだ一人の叔父は不思議な宗敎にこり出してゐた。さうして三十年近かい生涯を何の職業さへも持たずに、――彼は彼の『信仰』と信じてゐるものにすがつてゐた。この一人の、――結極人生に何にも見出せなかつた生活的に「落伍者」だつたこの叔父も結極果敢くは無くはなかつた。最近のこの叔父を苦しめてゐるものは、「生活」の一點であつたらしい。

僕の母は僕の七つの時に再婚し、二人の腹違ひの妹や弟たちを生み、その一時は「盛ん」だつた夫に死別れて、いまは窮乏の底に暮らしてゐた。――その夫は、或る放火事件の嫌疑を受け、そのために憤慨して自殺してしまつてゐた。

僕の一族の內、僅かに成功したのは、母方の唯つた一人の叔父だけにしか過ぎなかつた。僕はこの叔父と、僕の十四の時から、一緒に暮らしてゐた。さうして、この叔父も、自分の生涯を失敗だつたと信じて自殺してゐた。さうした僕は、この叔父を愛してゐた。

僕には、どちらを向いても、明りのさして來さうに思はれるところはなかつた。僕はその憂鬱さに耐へられなかつた。さうして僕は眠劑の力を藉りては、訣も無しに深をねかしつけた。

僕は彼女のことを考へる時にのみ、明るく快活に生きられた。

僕は眞晝、寢臺の上で眠つた。眞白い寢臺の上で。

夏が近づかうとしてゐた。――

僕はその最後の一日、或る用事のために、彼女と初めて口をきいた。僕はその彼女に言葉をかけ様と思つた。然しその瞬間に感じた僕の途惑ひは、彼女の友人の方に言葉をかけさせてしまふ。それは何でもない只の言葉である。然し、僕にはそれが僕の感情の全部を表はしてしまふ樣に思はれた。僕は僕の何の懸念もなしにもそれらの言葉さへ彼女に向つては言はれないのだつた。

その時、僕たちの横に立つてゐた彼女が、突然に僕に言葉をかけた。『片山さん、うれしかつたでせう?!』それは優しい太いうるほひのある言葉であつた。僕たちはその友人の一人をのけて話し合つてしまふ。それは何でもない二言か三言かである。然し其處に總ての感情が含まれてゐる樣に思はれた。僕は僕たちの間に當惑してゐるその友人の顏を見る。僕はその方に振向く。が、それは、僕たちの會話は、不自然にならない程度で直ぐに切り上げられてしまふ。僕たちは別れる。が、――もう一度、僕は心殘りになつて其處に引かへして來る。其處に居合はせた友人の一人に『雨が降つて來た』のを告げるために。それは事實、家の外に、薄暗い霧雨が降つてゐるのでもあつた。僕はその雨の中に僕の夏休みのことを考へた。

僕はその後、そこに彼女たちをさがしに行つてみる。然し、勿論、其處には――誰もゐない。僕はその『淋しさ』を初めて、感じた。僕は夏の一日々々と來る暑い暑氣とたたかひながら、一日々々とひどい神經衰弱になつて行つてしまつた。僕は、毎年、夏になると、ひどい神經衰弱にかゝる。――僕は隔日の注射なしには過されない僕の身體を感じる。僕はその頃、右の手を痛めてゐた。僕の手は手術しなければならない重さになつてゐる。僕はその樣な身體全身の、皮膚の疲れをさへも感じてゐる僕自身を、哀れに悲しく思はないのでもなかつた。然し、それは、滿足でもあつた。僕は、そんなところにさへ、僕自身の哀しい滿足さ、を求めてゐた。――僕はいま、――手術されることに、その痛みに伴ふ苦痛の快感のひどく僕を「目醒まして」呉れることをねがつてゐた。

僕は出來るだけそのメスが僕の手の平を切り開けばいゝと思つだ。さうして出來るだけの痛みの苦痛の快感を感じたかつた。僕はまだ、肉體に加へられる苦痛の方を（それが忘れさせて呉れるものであるならば）欲してゐた。僕は或る友人と秋葉ケ原のプラツトフオームにゐた。僕たちは。――一日中、東京の町を歩き疲れてゐた。

その友人は『その手もさぞあの人の接吻してもらつたなら、治るでせう』と云つた。それは冗談であつた。然し僕は突然にこの友人を憎み初めた。僕は僕の手の痛むことを告げた。さうしてこの友人などの知らないことを考へてゐたのであつた。

僕はそれ程、君は人間の情熱を輕蔑するのか、と訊いた。その友人と僕の間の議論は內容のない空疎な議論に走つてゐた。然し、少くも、僕は僕自身の他人の知られない心の領域には足を踏み込すでは、もらひたくなかつた。その樣な堅くなな僕を僕は悲しまないのでもなかつた。然し、生さて行くためには、それも止むを得ないのだつた。

若し、僕がこの樣な、例へ冗談にもしろ「甘い」氣持でゐられたのならば、……僕は、この夏前を、どんなにたのしく過ごすことが出來たであらうか！　僕は僕の「仕事」をしたいと思つた……

僕の友人達は僕に「仕事」をさせ樣と、この夏思つた。然し、僕は、――例へ僕の右の手がペンを持てない程に厚い白い繃帶で、卷いてなかつたにしろ、また夏の暑さが僕を參らせなかつたにしろ、僕には一體何が書けたのであらうかと思つた。僕は僕の信じる眞實だけが書きたかつた。而かも、それは、僕の夢と、僕の現實とが、入り混じつた一つの夢でしか無かつたのかも知れない。僕は、その中に、多少でも出て來るらしい現實的な人物の名譽を恐れた。僕は僕の中の『作者』を殺せると、信じた。僕のよき友人達には、――僕が何故、叔父の死後、スランプにおちこんで書けないのか、わかりはしなかつた。

然し、僕の見る夢と、僕の現實的な生活は、益々、僕を神經衰弱に近づかせて行つた。僕は僕の家の暗い庭の青葉を見ながら、幾度、死んでしまはうかと思つたか知れなかつた。然し、僕は、氣分のいくらか好い時には、二階の窓から見える遠景に、ぼんやりと僕自身の心の果てのことを、僕自身の遠い知られない外國での生活のことを考へてゐた。この夏、――僕の母は、僕の腹違ひの妹や弟たちと一緒に、僕の、――Kに家の者が避暑に行つてしまつてた後の家に來て暮らしてゐた。母には僕の病氣のことなどは、わかりはしなかつた。母は、「一日」何處かの海岸へ、僕に『つれて行つてくれないか』と言つたりした。小さい妹や弟は、母から買つて貰つたのらしい、きたならしい小さなバスケツトにつめられた「今年の流行」の海水着や、海水帽や、海水靴まで出して見せたりした。浮き袋もあつた。それは皆安物の、恐らく本場の海水浴場では相手にされない安物ばかりであつた。僕はおかしくつて、――昔は、一夏でも、好きな處に行つてゐられた母親たちを――どうしてこんな安物のきたならしい三等車の片隅の日歸り旅行になどつれて行かれるだらうと思つたりした。僕は簡單に「厭だ」と答へた。それは母親たちに通じなかつたらしい。然し、それだけに、行かれる當もない海水浴に行くために道具を買ひそろへてゐる母たちの、窮乏の底で僅かにそれらの安物のデパアート品を買ひあつめることによろこびを感じてゐる母親たちの、小さなたのしみを、只無下に叩きこわしてゐるがかなしかつた。然し、どうしてこんな母親たちを安物のゴトゴトした三等車で日歸りの海水浴なんかに連れて行かれるであつたらうか？　然し、僕には、――僕は心持なんんか、母親達にはわかつてもらへはしないと思つた。恐らくは……僕の唯つた一人の、いまは父親と一緒に暮らしてゐる妹にさへも。……僕はこの妹を愛してゐた。僕たちは子供の時代を一緒に過ごした。この妹は生れた時から里子にやられ。さうして母親も父親も知らなかつた。いまは二十何年目かの結婚をし直ほさうとしてゐる母親と父親の「再婚」のために、父親と一緒に暮らしてゐた。

が、この父親と、母親の、再婚の話は中々容易にうまくまとまりさうもなかつた。僕は、それを必ずしもそれを彼等のために「幸福」だとは考へなかつた。然し、總ての點で、僕と生活のちがつてゐた僕の父親や母親は、さうして小さい妹たちや弟たちは、彼等の生活に慣れて行くだらう、それが結極、彼等の幸福なのだ――と、僕は思つた。

僕はこれらの生活の底で、激しい夢を見た。

それは皆んな現在の僕に關係のあるものだつた。僕はそれらの夢の僕の心を無秩序さを表はしてゐるのも、僕の心がこれらの生活の中でさへも最早、一ぱいなのを考へない譯に行かなかつた。

さして、僕は、二日分の睡眠藥ののみ過ぎをして見たりした。うその醒めぎはと眠りぎはとの交錯し合ふ薄明るさの中に、續けて、はげしく夢を見たりした。然し、世の中は少しも變りはしなかつた。さうして僕のかなしみは、世の中も、僕自身をも、少しも變へなかつた。

僕は眠りからさめた時、何時も、かなしかつた。

僕は何も彼も「誰かに喋つて」しまひたかつた。さうして何かによりかゝりたかつた。僕を變へられるものならば、どんなにでも僕をかへしてしまひたいのだつた。僕は、その夏の終りSさん夫妻を、K――に訪ねた。

Sさんの奥さんは僕の顏を見るなり、「何かおうれしいことがあるんぢやない？」ときいた。僕は僕の顏色のいゝことと、はつきり鮮かに「いゝえ。」と答へながら微笑してしまつたのを、薄ぼんやりとかなしく感じてゐた。僕は人の好意さへも、素直ほに受入れられないのをかなしかつた。（それは無意識の間にされてしまつたのではあつたが）僕たちの間には、その後、その問題に就いては何の話も出なかつた。僕は出來るだけ快活に振舞ひながら、僕自身の氣持を喋べり出せなくなつてしまつた僕を、而かも喋りたかつた僕を、半ば腹立たしく感じてゐた。僕はどうにもならない僕に何時か諦めてゐた。それはかなしい「餘りに理智的」な僕自身のどうにもならない愼しみであつた。僕は、――それをどんなにかなしく、厭に思つたか知れないのだが。僕は諦めた。それは僕にかなしげに思はれなくは無かつたのだが。松林の中には靜かな日ざしの午後の芝生があつた。

僕はそれらを見ながら、僕自身の心のだん〴〵明るくなつて行くを、もう一ぺん僕自身を生かし直ほさうとした靜かな明るさの感じられるのを感じてゐた。――僕はその夜、Sさんのところから歸りながら、うも一ぺん、暗い夜道で、僕自身を振りかへつて見た。松林の上にはかすかに星があるらしかつた。

僕は僕の歩いてゐる路の枯れ松葉の落ちた砂地であることも、その砂地の少し濕氣を含んだ僕の足の下に何かのきしんでゐるのさへも、はつきりと知つてゐた。遠くで停車場の明りが見えて、――華かだつた夏が終らうとしてゐた。

それから數日後。

僕は或る海岸に、病氣の友人の一人を訪ねた。彼は夏だといふのに、激しく咳をして「感冒だ」と云つてゐた。――然し、それから間もなく、彼は僕の病中死んだ。それは僕たちのたのしい「思ひ出」の一つだつた。僕たちは何を喋つたのか、忘れてゐた。――然し、夕方の濱に、僕たちは座つてゐた。

海岸は淋しかつた。僕たちは空いたかけ茶屋の中に腰をかけ、何時迄も座つてゐた。僕は遠くのことを、考へてゐた。夕べの濱には白い波頭を立てゝ波が泡の樣に煙つてゐた。僕達は二、三人の人のさわがしく通り過ぎるのを聞いた。白い帽子をかぶつた少年が一人、白い犬とふざけながら、海ぎしを通つて行つた。それは華かだつた「夏」の名殘りだつた。

僕は期待に外づれた夏の盛んだつた頃の海をさがした。それは砂濱の中に取り殘された一臺の水色のブランコの外には何もなかつた。そのブランコはいまもあるかも知れなかつた。僕は僕の叔父と、一緒に、死ぬ前の一年をこの濱に一緒に過したことがあつた。僕はぼんやりと、うつとり總てのことを思ひ出してゐた。何物もが變り、何物もすべて變はらない樣に思はれた。

秋になつて、――また彼女たちに會へるかも知れないことは、僕にとつて、うれしく無いわけでなかつた。

（一九三〇年五、一六月斷片。）

出發

ピエル・ルヴェルディ

地平線が傾く
　毎日が餘りに長い
　　旅行
心臓《こゝろ》が籠の中で躍る
　小鳥が歌ふ
それもやがて死ぬだらう
もう一つ別の扉が開く
　長廊下《クウロアル》の奥に
灯りが點いてゐる

星
鳶色の婦人
發車合圖のランタアン

光り

しばたたく瞼の間に輝る小さな汚點。部屋は空洞だ、鎧扉が埃の中に開いてゐる。それはお前の目を泪に濡らした、あの思ひ出の日だ。壁の風景――後ろに遠い地平線――それらに一番近い空と、お前の亂れ疲れた記憶。雲が見える、木がある、醒めた顔がある、それから光りに傷いた手が。……そしてカアテンが落ちる、夜の中ですべてを包み隱してしまふカアテンが。

（本多信譯）

白い夜々

フイリツプ・スウポオ
長島萃譯

私は「アドルフ」によつて、私達の時代の、心の病氣の主なるものの一つを描きださうと望んだのだ、疲勞、精神的な不安定、無氣力、あらゆる感情に理智の險しい眼を向けて、生れるか生れないうちにそれらの感情を蝕んでしまふ涯しない解析など……

——ベンジヤマン・コンスタン

——ビュルゴ！　ビュルゴ！　もう占めた！

友人のジュリアンが力一杯に叫んだ。騎手サムブラ（背中が灣曲してゐた）は、ちやうど陽が傾きはじめたとき、馬の連なりを後に引いて、標識を疾りすぎたのである。人々は騎手と馬と陽に向つて歡呼した。靄のやうな靜けさが騎手の到着を迎へる喧騷のあとを領めて、競馬場にゆるやかに匍ひ擴がつた。遠くの方に、工場の煙突から立ちのぼる一抹の煙が浮雲になつて、緑の廣い平原を進みさるのが見えた。

勝馬の持主は放馬場で、自分と賭をして爭つた葉卷に火を點けた。彼は滿足して、煙を胸一杯に吸ひ込んでは吐いた。

優勝した騎手は讃辭を浴びせられて、微笑みを洩らさうとも陰い容子を强ひて裝はうともしずに、握手を右左に交した。誰かが勝利を獲るであらうと待ちもうけてゐた人々は、疲れきつて喘いでゐる、尊大であるまでに落ちつきはらつた男をいまさらに喝采する。

ジュリアンが叫びながら僕の背中を叩いた、(云つてをいたらう。ビュルゴは悠々たるものだ、ビュルゴの眼中には何ものもない、と！)

僕らは馬券賣場の方へ足を運んだ。

其處には微笑みの花が開いてゐる。

——あなたも穴をお當てになつたの？

ジュリアンは僕を紹介した。

フランソアズはすこしばかり顫へてゐた、そんな風に思はれた。かの女は3000フラン手に入れたのだ。

——うふ、あの、ジュリアンは何か云ひさうにする。

僕はフランソアズを視つめてゐた。フランソアズもまた微笑んだ。それはむしろ蔑みを示すためらしかつた。

かの女の顏のうちでは、先づ、菫のやうに愛らしい口が眼につく、それから、ときとして黑鵣を想はせる眼が。

——第五競馬で敎へて上げたいことがあるのだけれど、ジュリアンが小聲で云ふ。

——あたくし、もうやらない、少女が輪廻しの輪を投げだして云ふかも知れないやうに、フランソアズは云ふ。

——ぢや、此處にゐらつしやい。

ジュリアンは馬を見較べにあちらへ行く。走りだして、騎手の一人をつかまへる。

溫かな競馬日和だつた。すべてが簡單に進行した。抗議もなく、落馬も惹き起されなかつた。鳥が飛んでゐた。

鳥は絶へず西の空ばかりをめざして、夕陽まで飛びわたつていつた。

すでに數回、僕は體量檢査場でフランソアズ・マリセを見かけた。フランソアズに注意を惹かれずにはゐられない。かの女は何時でも見いだせる種類の女である。女、要するに女なのだ。黑い服を着てゐないときのフランソアズは、菫色の衣裳を撰んで、白い色の裝身具、ダンテルとかショウルとかきずのない眞珠しかを身につけない。フランソアズはまつたく心から微笑んでみせる。無鐵砲な賭事をする。騎手の誰彼（監督格のジェニングスを除いては）を馴々しく呼んでしまつて、謝罪まるやうにうらはらなく笑ふ。幾らかづゝを無頓着に貸しあたへて、決して催促しない。よく賭事に勝つ。人々は會つたばかりのかの女に好意と友情と愛を感じる。フランソアズ・マリセは人氣者だ。信じ難い好奇心をもつてゐるフランソアズは、何ごとにも興味を唆られる。多くのことを推察しあてる、解釋する、信じたり信じない、同意する、非難する。フランソアズのダンスは快さを感じさせる。かの女は雜りもののない酒類を飮む。毎日マッサアジをさせる。

フランソアズの態度にはある高雅なものが感じられるのだが、しかしフランソアズは、あまり野卑なので哄笑が斷ち切つてしまふほどの言葉を使ふことに夢中になつてゐる。かの女は好んで人を笑はす、聽くことを忌み嫌つてもゐない。（敵はない女）だと陰口をきかれる、何らの意味もない陰口である。

愛想のいい女《ひと》、誰も彼もに愛される。

フランソアズは憎むべき惡評の的にはなつてゐる。女たちはフランソアズに數人の愛人があると信じてゐる。が、男達の多くは、かの女の眞實の心は愛に惹かれないと承認しなければならなかつた。事實、フヲンソアズはテニスが巧く、ゴルフも大變上手であるけれど、泳ぎは下手なのだ。フランソアズは深く沈むことを恐怖する。

噂によると、フランソアズは愛する力も魅惑する力も與へられてゐない。それは誹謗である。

僕はフランソアズを視まもつてゐた。ぢつと視まもつてゐた。口をきかうとは考へなかつた。フランソアズは、僕の眼と鼻と口を加へ算するかのやうに、僕を執拗に直視する。僕は一寸當惑して、ネクタイに二三度指を觸れ手袋をうごかすのがこの場合有効だと思つた。

――じつに立派な馬ですね、ビュルゴといふのは。

フランソアズは返辭をしなかつた。僕の肩を視つめてゐる。僕は怖れを懐し鳥のやうに顔をそ向けた。無言の訊問が長すぎるので、僕は五月蠅くなつて來た。

――いつしよに食事なさらない？　マダム・マリセが僕に亂暴に訊く。

僕は躊躇らふ。僕の周りに、昂奮した人々が聲を振りしぼつて《Cote jaune première》（意味曖昧。汗顔――譯者）と絶叫した。一人の女が馬券賣場の側で笑ひ聲を上げてゐる。風體の怪しい二人の男が第三の破漢戸に悪相談を持ちかけた、《あの老いぼれ馬にみんな300フラン賭けるつてことだぜ。》

フランソアズは質問を繰り返した、云ひ添へながら、《耳がお遠いの？》

この一聲で、僕は快諾した。しかし、ややたじろいだ僕は、フランソアズについて素速く調べてみようと胸に約束した。ジュリアシがちやうど、腕を空へ差し上げながら近寄つて來た。フランソアズと逢ふ場處を決めないうちに、僕はかの女の口を綿密に目さぐつた、フランソアズの胸がすこし不整形なのを見てとつた。

僕らは7時25分（フヲンソアズが時間を指し示したのだ）に、モンティニュ街のさゝやかな酒場で落會はなければならなかつた。フランソアズが荒々しく僕に背中を向けたので、腹を立つたのに違ひないと僕は思つた。

――ジュリアン、フランソアズつてどんな人？

――フランソアズ？　あれは、君、賣笑婦《グリュウ》なのさ。なかなか綺麗たし、格構だつて大變にいゝ。ただ頭がいささか。相手撰ばずなのでね。でも性格といつたひには！　午後2時、かなり穏和しい、午後4時、鼻持ちがならない、午後5時30分、これはまた、うつとりとさせられる。ま、そんな風に。ある種の光榮に浴してゐないのは恐らく君と僕ぐらゐなものだ。ブロメがやつて來る。奴さん、フランソアズについては詳しい。お望みなら、フランソアズの全生涯でも物語つてくれるだらうよ。

僕はブロメと握手した。ブロメは見るから機嫌が惡い。（ビュルゴとは、君、ひどい詐欺師もあつたものだ、とブロメが僕に云ふ、サムブラとはまた何といふペテン師なのか！　僕は用心してかゝるべきだつたのに……）《Cote jaune Derniere》と喚く聲。ブロメは突進して、飛びまよふ絹の布をむづと捕へる。それが彼の希望を包み溫めてくれる。

――フランソアズ・マリセをよく御存知ださうだね。

――仰しやるまでもない。僕はフランソアズの無二の友だ。君、あれは天使なのだよ。誰にも苦しみを嘗めさせたくない、さうなることをあの女は始終怖がつてゐる。黄蜂一匹殺さないに違ひない。何ごとも美しく見る、いゝ方にばかり聞く。底はじつにしつかりしてゐる。舊い男を苦しめたくないのだらう、それ以外にあまり男をもつたことがない。僕は四年前からあの女知つてゐる、つまりまだ僕のものにはなつてゐない。どんな人間のためにでも骨を折る。僕はいまだにあの女が不機嫌だつた例を知らない。あの女について喋々されるお話のひとつをも信じ給ふな。しほらしすぎるのでね。それに特別な意味の友達といふ奴は感謝を無暗に披歴したがるものなのだから。お解りになつたらう。

第五競馬のベルが鳴りわたる。ブロメは一散に走つた。

僕は向ふにフランソアズの菫色の服が陽に燃え映えてゐるのを見た。僕は獨り語つ、（この服裝だと、あの人はじつにいゝ。》平凡がそれほど心を休めてくれるやうに思はれたことはなかつた。フランソアズの傍にはほかの焔、騎手たちのさまざまな色の帽子。

日は暮れ果てる、日々といふ日々が暮れてゆくやうに——陽は沈みはじめた。消えるラムプの焔。さうして紅の仄明るみ。塵煙が夜に融ける。タクシの運轉手が、入口で、失つたり勝つたりして歸る人々に呼びかける。馬車の呼出人がこの機會を利用することを勸める。騷音。裝ひを凝らした馬が饗宴と結婚式用のきらびやかな古馬車を曳いてゐるのだ。

地は紙片に蔽はれてゐた。年をとつた男と女が、離れ離れに、落葉のやうに飛び散る馬券の反古を拾ひあつめる。失望とともに慌だしく歸る人達。夜を待つかのやうに、埋葬式のあとのやうに、同じ失望を懷きながら去りがてに競馬場を出てゆく人達、ひと時限りの悲し氣な容子、力なく垂れた手。

☆

その夜、僕は、綠靑なのではないかと思はれたあるささやかなレストランで、フランソアズを忠實に視まもつてゐる。フランソアズほど速い食べ方をする女は見たことがない。可笑しな話をして僕を笑はすときのほか、フランソアズは齒音をたてて嚙む(かの女は咀嚼するといふよりも齒音をたてて嚙む)のを竭めなかつた。僕はフランソアズに憎みを感じた。笑ふと、僕は不正を犯してゐるか、いかにも嘲笑に慣するやうな氣持がする。

フランソアズはその僕を憎まなかつた。

宵のうち、アルコールとチョコレートの混り合つた匂が僕らの後に漂つた。夜は長びく。夜はすぐ明けるか、さもなければ果てがないに違ひないと考へられもしたであらう。闇のなか、靄のなかに、腐りかかつた金色の大きな果實や灯りの果實が見える。消える、消える、消える。

寂莫がのつそり蹲つてもゐる、毛皮のマントを着て耳に綿をつめた人物。いろいろなものがそのほかにあつた。熱氣、白い顔、顔、疲れにまつはられながら舞ひ狂ふ踊子たち。それらはみんな僕の頭のなかでぐるぐる囘轉した。


僕らは二人とも、つい今し方の記憶が散り散りになるままにして、それらを失つてしまふ。

顔を横へ向けるたびに、手・手・手、無數の手。すると突然、殆んど見覺えのない夜。ふうわり搖曳する煙。さうしてまた、格構の悪い動物のやうに顎をあけて奥の方にぢつとひそみながら、何もかも、僕らの想念や身振りも噬み込む魁偉な夜。


僕らは云ふ、≪弱つたな≫とか≪有難い≫とか。僕らはまた時の流れに押し流されて、記意を片端から失つてゆく。フランソアズが赤い毛糸の枷を繰つてゐるものと僕は思ひ込んでゐた。

どれくらゐ光があつたのだらうか？ 何時とは解らないが、聲高に光を算へてみたくなつたのを憶えてゐる。しかし、人々が叫んでゐた、≪ディクシィ！ ディクシィ！≫あるひはそんな風なほかの名前を。やがて、肥滿した女が呼びだされて姿を現はす。その女が金色にきらきら燦く網目織の衣裳を着た獨樂なのであることを、僕は知つてゐた。

≪ディクシィ！ ディクシィ≫フランソアズがひと際高く叫ぶ。僕は視つめる。觸れたいものだけを擴大してそれ以外を遠ざける、眼鏡を友人に借りてかけた人のやうに、僕は氣がつく。

（ディクシィ ディクシィ！≫この折返句を僕が幾たびと胸から迸らせたので、音樂が美しい水蒸氣のやうに顫へだす。僕は叫ぶ。僕は心得てゐる、外は寒く、人々はドアの處で、足を踏み鳴らしながら、グロッグを飲んで温もりをとつてゐるのだと。

ほ！　もう歸る時刻だ。またしても一夜が！　僕は仰山な言葉、つまり定義を探す。鏡の前を横斷る。豪壯な姿見のなかに胸を張つた頑强さうな僕、眉宇が引緊まつて愉快氣な僕。最早言葉なぞに拘泥らない。タクシのなかは賑かだつた。

酒場から酒場、タクシからタクシへ、僕らは漸くフランソアズの家にたどり着いた。朝の2時にしかなつてゐない。心殘りが感じられる。空はまだ躊躇つてゐる、昧爽が隅々に待つ。フランソアズに蹤いて行く氣力はない。フランソアズの家の入口で、丁重に帽子を引込める。

——落着きのない方ね、フランソアズが僕を窘める。

フランソアズは反抗をゆるさない質問をする。

フランソアズの部屋には火が殘つてゐる。僕の前に幾片かのロオストビーフ。ラツク塗の黒いテーブルの上にシアブリ酒の瓶とオレンジ。

——御覽なさいね、フランソアズは僕に云ふ。繪と三冊の本を僕に見せる、ボンボンや菓を呉れる。

フランソアズはパンを嚙りはじめる。絶へ間なく、骨董商にしたたといふ長い、じつに長い訪問について話しつゞける。いろいろと努力をしてみたのにも拘らず、僕はまだ、フランソアズがとりたてて美しいとは頷けない。僕は獨り語つ——綺麗なんだ、粹ではあるし、才氣もある。だが、蠱惑される、うつとりさせられるなどと、人が女に欲望を感じてゐるときに云ふやうなことを、自白するまでにはなつてゐない。

2時間ばかりのち、僕はフランソアズに訣れを告げた。フランソアズはドアの處でなほ二つの話をしてくれたが、どちらにも、もつとも古典的な優しさの身振りすら仄めかされてゐなかつた。遠は、どうかすると谷間で見いだされる寂莫に思ひついた。その數時間の間に、僕はフランソアズが長い旅の準備をしてゐるのを知つた。フランソアズは翌る日かその次の日出發することになつてゐた。僕はフランソアズの不羈と《遠方へ行く》望みとを感嘆した。《遠方へ行く》、フランソアズの口癖。

人影のない寒く乾燥した街路に出ると、歩いて歸ることにした。僕の困惑はこのことによつて十二分に證明されてゐる。フランソアズを戀してゐるのかどうかが解らない。恐らくは、と思ふ。フランソアズは僕の氣に入つた、僕を笑はせた。しかし、かの女の裡のなにものも、放心と名づけてゐる蠶が僕の周りに規則正しく紡ぐ繭を破らなかつた。

フランソアズはまだ僕にとつて、百千の小事實や、決心のアトムを聯想させる機因なのにすぎない。聯想の昆蟲。僕は振ひのける。が、つねに數をまし羽音を高めながら還つて來る。蝶のやうに見えたかも知れない。僕は蝶が好きだ。

フランソアズを想ひうかべようと努めたけれど、甲斐がなかつた。フランソアズは僕の想念から追れてゆく。ふいに腕を捉へることが出來たかと思ふと、香ひよりと淡い霧がかの女を覆つて、僕の視野から匿してしまふ。斷定する氣持にはなれない、ほかのことを考へる。

その、ほかの不可解なものの方へ僕はにじり寄る。それは定義し難い。心はそれに兇暴に獅嚙みついて、最早離さない。僕は呼聲に抵抗しない。自分に言ひ分けする――ある空虚を充たすのだ、ずつと以前に考へてをくべきだつたのである、僕の前に差しだされた、息が苦しくなるまでは水を飲み煽るやうに飮まなければならない《もの》について。フランアソズムの家からの歸り路なのだ、あの人のことを考へなければいけないのだらう。しかし、僕は旅を想ひうかべてしまふ、旅への愛着を想ひうかべる。また不思議な蝶が見える。

フランソアズは去つてゆく、幾時間かの後には乘車するのであらう。僕の心か前進する、フランソアズをちりぢり追ふ、それからフランソアズの逃げるままにまかす。フランソアズは停車場にとゞまる、長いことゆるやかにかの女自身の上で旋轉する……フランソアズは睡る、僕は斷念する。僕は想ふ、旅の望みを想ふ。僕はあの女に欲望を感じない……それを自分に非難する。旅、旅……汽船が煙を上げた、ロツトリイの廻轉板が頭のなかで回る。僕は自分の家にゐる。寢床に這入つたり浴みをするかはりに、身體を安樂椅子に埋める。マツチを擦る、莨の箱を開く。煙の雲を透かして、僕の內部と周圍に廻轉するもののすべてを凝視する。ひとつびとつを丹念に見わけて算へあげる、到る處にエテイケトを貼る。が、氣力を喪ふ。商品目錄を作成する商店の部長。

フランソアズは何と遠くにあることか。(僕はフランソアズの睡りを妨げない、微笑みを阻まない。)フランソアズは僕がかの女に思ひ沈んでゐると信じるに違ひない……いいや、フランソアズが眼を瞑じる方が望ましい、薪の火の最後の吐息や夜明けの最初のざはめきに耳を欹てる方が望ましい。

僕は拳を固める。ある思念に牽き摺られる。それは僕にわづかな休息を與へないのだらう、睡りを奪ふのだらうそれは、次の日もまた次の日も、日毎僕を待ち構へてゐる。考へる勇氣がなければならない。グラスにコニヤツクをなみなみと充たして飲み乾す。さらに小量の水を飲む。良心が怖いくらゐ研ぎすまされてゐるのを感じて、旅に心を惹かれる原因を探しだすことに熱中する。初めは單純なことのやうに思はれる。が、一寸掘り下げたばかりで、僕は驚く。淺はかなとも云へる愚かな動機が、突然、僕に鐵道案內を繰らせたのである。

★

僕の家の書卓には、あらゆる種類の紙とあらゆる國々からの手紙が、一杯に取り散らされてゐる。ミランの大寺院の形をした文鎭（恐るべきゲテモノ）の下から封筒が一杯食み出て、貼りまぜた英國の郵便切手はイタリア風の旗のやうに見える。ラムプへ向けて、フランスの移民たちから寄越した、返事を急いで遣らなければならない手紙が置いてある。――右上の方に、小さな駱駝が灰色の沙漠を駈けてゐる。疲れを休めに眼を上げると、アメリカの友達の一人が送つてくれた大きな世界地圖が目にとまる。何故ならば、左下の隅に、マルセル新商業世界地圖と讀むことができるから。訪れてくれた友達はみんな、その色の錯雜な壁掛に感心した。僕はありきたりの諧辭しか聞いたことがない、（何といふ綺麗な地圖を持つてゐるのだ。）眼を上げる。地圖が燦然と光つてゐるイギリス帝國は薔薇色だ。フランスとフランス植民地は綠色、豌豆のやうな斑點が散らばつてゐる。

それを望んだわけではないが、まあ云つてみれば、世界の色々の國から、主に海外から齎された物に僕はかこまれてゐるのだ。タイチ産の美事な貝の冠。ペルウの花瓶。コンゴォの假面。アメリカ製の萬年筆。

僕が喜んで起き臥してゐるこの部屋に、見たこともない國々の俤を蒐めたのは偶然なのか知ら？　知らないものに惹き寄せられる心なのか知ら？

僕は矢張り理由を探し求める。

とはいへ僕は、優れた風景も異國情調も、拵へ話のてだてによつて始めて訪れる人々にそれらの物を見せびらかす、くだらない享樂しみも好きではない。それらは、思ふに、夢想の簡單な證しであり、經濟的な物質化なのだ。それらは僕に出發の計畫を樹てさせる。悲しみもなく思ひ耽る旅程の斷片。

すべてがかうして僕の周りを旋轉する。さうして僕は僕の前に獨りぼつちだ。ある日、ある時が充分、僕を僕から引離し前方へ投げだし得る。そのとき數本の手をもつた慾望が、當途のない出發へ僕を押しやり引張つてゆくだらう。

僕はあらゆる旅を想つた。決心するまでにはいかなかつた。羞づかしいことだが、觀光客の國であり道が切り拓かれてもゐるといふ理由から、ある國々に前以て嫌惡を感じて、斷然輕蔑してゐたことを僕は告白する。おお幻滅の蜃氣樓よ。

僕の望みは、何時とは決まりなく、僕を棄て去るのだつた。すると、僕はパリに、しかも殆んど見知らないパリに再會したやうな氣持がして、パリを蔑んではゐなかつたかと自責を感じる。僕は、僕の望みを粉碎するために、ヴエルサイユやサン・ジエルマンへ行つた……

そんなとき、僕は努力の限りを盡して、說明を見いださうとした。夢想が喚び起した激情を、(何處ともなく)行つてしまひたい激情を確かめたばかりだつた。

憶出がその壓力を僕に働きかけるのではない。むしろ、憶出かれ遁れたいので、僕は幸福が感じられる日々空中遊行を企てる。僕は杆の眩暈や距離の恐怖を知らない。――憶出は下僕であり得るにすぎないのだ。憶出がこの役目の外へ出ることを僕は決して許さない。國々や都市の俤を想ひ描くと、僕は力づけられる。それ以上は望まない。

遙か向ふに、壁面を見るやうに、國境線と地方の表情と呼ばれるものを見わけることが出來る。言葉はときとして烈しい香りがする。

旅程圖をかいてゐるときのほか、旅の魅力は僕を支配しないのだらうか? 定義が生む胸心地の惡さは、水を割つた牛乳かアルコールのやうに僕の命を飲まない限り、竭まないのに相違ない。考へるのを止めて、ほんの一口飲んでみる。12本目の莨に火を點ける。

今夜はきつと睡れないのだらう。旅の旋巻を遁れようために懸命になると、つい莫迦なことを考へだして、びつくりする。このやうにしていまも僕は、手の屆く處に置いてあるコニヤツクのグラスが、憾めし氣な莨の火に照らしだされた鏡にうつてゐるのに氣がつく。すぐとシヤロック・ホルムスを想ひうかべる。

僕はフラスソアズについて考へたいのだ。

空間にフランソアズの名前を指書する。フランソアズの姿をそのままに心象しようとする。——女だ、25位になつてゐようか？　——いいや。——30位？——うむ。——ブロンド？——でもいゝ。——美しい？——うむ。——聰明？——なのだらう。——肉感的？——無遠慮にもほどがある。けれど……かう思ふ……。

何時また會へるのだらう？　フランソアズはあした出發する。寡くとも四五日うちには。——よろしい、會ふまい。——遺憾ながら、遣瀨ない氣持だ。ぢやフランソアズに興味を喪られてゐる？——完全に！　十三本目の莨に火を點ける。何かを望まうといふときには、一種の苦しみが腦を硬ばらすものである。心はさうした苦痛なぞ知らない。

またシァロック・ホルムスとベーカー・ストリートの彼のアパートメントを想ひうかべる。それからロンドンが記憶に甦へる、日曜日の午後、街はもの淋しく、街頭音樂師達が途方もなく大きな銅の樂器を吹奏して。僕は過去へ還つた……

僕はフランソアズのことを考へた。いフランソアズの胸の形や腰の曲線や足を想像する。かの女の皮膚にもつとも精確な名を與へることに努める。かの女の聲を最早憶ひだせず、かの女の髮の毛の色を忘れてしまつてゐるのが解る。

なにかの役割を練習でもするかのやうに、僕はフランソアズの名前を繰り返して吟む。((フランソアズ。))眞面目くさつて、((フランソアズ。))快活に、((フランソアズ！))これらはみんな愚かなことだ。睡くなる。本を取り上げる。詩。悪い、じつに悪い。ボォドレル風なのだけれど莫迦々々しい。ラムボオの詩に似てもゐるけれど戯畫だ。

ボォドレェル、ラムボォ、詩人たち……僕らの心の聞手なる彼ら詩人の責任は重い。言葉には鹽類のやうな作用がある。言葉はロォマか何處かへ通じるあれらの狹い道のすべてを僕らに彫りつける。物音がわんとうめいてはくれまいか、古めかしい風琴廻しの音樂でも低くたへだへに鳴り響かせて、この靜けさを攪きみだしてはくれまいか？　心のなごむ悒鬱には絶望よりも抵抗しにくいことを幾人が知つてゐるだらうか？　歌謠に含まれてゐるものは、どんなに刺戟のある幻想よりも感動させる。僕は過去へ還つてゆく。憶出が速足を踏む。僕は、冬の唯中に、降る雪を視つめてゐる。すると、薪の焔のさざめきを今夜のやうな心持で聞きながら、ぬくぬく暖かな部屋の窓硝子に鼻を押しつけて過した日々がそれからそれへ浮かびあがる。アンデルセン物語の人物やいぢらしいマッチ賣りが雪を冒して通つて行つた、それらの友達を、パリの狹い灰色なある街で、僕はいたいたしく眺めたのだが。

暫らくのち、そんな書割は何時となく忘れて、僕は旅といふほどの旅を想ひめぐらした。ひとつの地名に朗らかな響か奇しな響が感じられると、眼をつむらずにはゐられなかつた。讀みかへした古手帳に、先づ訪れることにした幾つかの地名が見あたつた。綴りにつゝしんで表敬しながら、それらを書きつけてみよう。Shausernagor Popocatepetl, Gaurisanpar, la mer des Sargasses, Colombo, Pahama, Fombouctore, Uladivostock, malabar …………

（以下次號）

望遠鏡を手にして

持地竝子

音を想像し得なかつた當時の映畫から私達の感覺はあらゆる音を感受した。

TALKIE…近代科學藝術の華。

灰色のソシヤリスト、變りものチヤツプリンは、當時、こんなことを言つた。

"THE TALKIESは、'The art of Pantomime をスポイルシ、Silence の美を失はすと、頓座に頓座を、支障に支障を重ねての新作「街の灯」は、時勢だと見え、どうやらサウンド版を聞く。反動かもわからないけれど音の世界は廣い。

有音映畫は、映畫の本質、映畫特有の視覺による表現、又展開を制限して了つた傾きがあるけれど、新らしい研究が、新らしい分野の獲得が、新らしい技術が、音響を持つた此の平面の發育盛りを想はせ、障子につかまつて立ちかけた許しの將來に、伸びてゆく多くの待望がある。

現在のトーキーは、餘りにトーキー的で「ありすぎや」しまいか？　「ありすぎろ」音を、最初に淸算しなきやならない。

言葉を異にする國民にとつて、ダイアログは煩雜であり、憂鬱である。だから、古い英雄主義と懷古的感情で、夢聲でたのしんだ無聲映畫へ、又せめてはサウンド版へ方向を轉換したくなる。

此の意味で歐洲物「ハンガリヤ狂想曲」は、あの曲を靜かに耳にしつゝ麥の香りまで感じたのじやないかしら？

アメリカは巨大な資本をかさに着て、折角の俳優を、ヨーロッパから引き拔いて、或る意味で墮落させて了ふ。彼等は腐りながらも、短い、新世界の歷史の所有者達よりは、一角の仕事を、時々アッと云はせながら、仕上げる傳統を持つ。

プドウキンの「アジアの嵐」。日本に許されなかつた「戰艦ポチヨムキン」の、エゼンシュテインの三年に渡つて完成された「全線」。

カウフアンの「春」

アメリカ製の人情物 Only の或は似たり寄つたりのレビュー物の、マンネリズムに食傷してゐる私達に取つて、雪のシベリヤを越えて來たソヴイエートロシヤの數々は、新らしい驚異的な、そして六月の太陽と風の樣な、喜悅と爽快さだ。

モンタージユ！　傾向映畫！　前衛映畫！　純粹映畫！　そして映畫詩派

日本の活動屋も忙がしくなつた。

幸福なお孃樣方よ！　鈴木重吉作るところの「何が彼女をそうさせたか」一篇

でのされちや不可ない。貴女方に觀迎されない丁まげ物に、そして日本の作品に多くの見る可き、新に解釋されたものの含まれてゐることを知る可きだ。

發聲漫畫！　桃太郎とカチカチ山的なつかしい存在、なつかしいと云へば、嘗ての香り高い歐洲物の幾つかとアメリカ物の少數の傑作と稱されるもの、もう一度靜かに見たいと思ふ。

　にしても、十六ミリでは事足らず、ベルホウエルかミツチエルの本物で、自分の思ふままそれも發聲で等と、許されるならばメガホンを、カメラを手にして見たいと、大それた白日夢も見かれない自分に苦笑する。

　手にした望遠鏡に映された片々は、フイルムの一駒にも似て、散漫ではある。

★

一人

ポオル・エリユアール

私は熱狂に衰へた、疲れが私を醜くした、だが、私には未だものがわかる、陽氣な婦人たち、無言の星、私はいつもお前たちを見てゐる、そしてこの狂愚。
一人のお前の中に星の血が流れる、その光がお前を支へる。お前は立つてゐる、花の上に花と、石の上に石と。
白色。その中に思ひ出は消える、見失はれたお前の涙を光らす、撒きちらされた星のやうな思ひ出が。失はれた私。

（本　多　信　譯）

白鳥の死（パブロバの死）

一九三一年、一月二十三日、世界の踊り子？　アンナ・パブロバは、オランダのヘイグで、ボルドオから持ちこした僅かな患が禍ひして病院の一室で死んでしまつた。優美な、パブロバの殘した藝術は彼の女と共に昇天してしまつた。僕等は再び見ることは出來ない。例へば、僕等に殘された、數多のグラビア版の「白鳥の死」が何度か僕等に吐息をさせたとて。

パブロバは一八八五年、一月三十二日、ペトログラアドに誕生した。やうやく八歳の頃から舞踊に大へん激しい憧がれをいだいた。さうして、二年後、彼の女は思ひどほりに、ロシア帝室劇場舞踊學校に入れることになつた。それから間もなく、彼の女の天才と努力が舞踊學校のエトワルにしたのだつた。二十二になつた時、彼の女はヨーロッパ舞踊旅行に出かけた。パブロバの名はヨーロッパの各都市でやうやく喧名傳はるのだつた、一九〇九年、天才、セルジユ・ヂアギレフによつて、巴里で初めて、バレ・ルッスが公開された。ヂアギレフの精、生きた人形たち、ニジンスキー、パブロバ、フオーキンが、ブノアやバクストの意匠で踊り、巴里の人士に、激しいセンセエションを起した。ショパンの「秋の木の葉」やチヤイコフスキーの「アマリラ」やバイエの「人形の精」はパブロバの名をヨーロッパの人たちの頭から消え去り難いものにしたとは云へ、かのミッシエル・フオーキンと踊つた、サン・サーンの「瀕死の白鳥」が彼の女に與えた榮光は最早、この上もないものであつた。

パブロバは一種のヴガボンドの氣質を持つてゐて、永く、きまつた所に落ち着くといふ事が出來なかつた。だから、彼の女は、ミラーのスカラ座や、チカゴのオペラが、舞踊指揮者として彼の女を招いた時、皆んな斷つてしまればならなかつた。最近はロンドンの近くに奇麗な邸宅を持つてゐて、そこに落ち着いてゐた。とは云へ、彼の女は、フランスに、イタリアに、アメリカに何度となく往來せねばならなかつた。

一九二八年には巴里で、シヤンゼリゼエ劇場で、彼の女の舞踊の Series を續出してゐた。彼の女が舞臺を退きたいといふ希望は久しい以前からであつた。けれども、いつも、劇場主の反對にあつて思ひ止まる外はなかつた。この二日には巴里で新作の上演が、劇場主と、彼の女自身からも發表されてゐた。

彼の女はボルドウで發病したのだつた最初は風邪にやられた。でも、ヘイグまでの三日の旅を餘儀なくされた、劇場の契約があつたからだ。ヘイグで、無理をしたため、とうとう病院の白いシーツの上に横はられればならなかつた。到々さうして、起たなかつた。二十年以來、連れそふV・ドウドレ氏が、彼の女の枕もとに彼の女の最後を見とつた。

彼の女の死は我等にとつて餘りに惜しむべきである。あらゆる才能と、僕等の力のある限りを盡す「美と藝術」に彼の女のために黑い布をかざらう。「白鳥の死」を踊つた。パブロバが死んだ。

（關　義譯）

メランヂユ

ステフアヌ・マラルメ　（ヴアレリイ）

私がマラルメを足繁く訪れるやうになつた頃、文學は私にとつて殆んど無意味にしか思はれなくなつた頃だつた。讀み、書くことは私に重かつた、そしてその倦怠が今に残つてゐることを私は白狀しなければならない。しかし文學に對する私の良心、それから、私の存在を明瞭に描き出すことの苦心、それは私から去らなかつた。私は文學に對する苦心のために、文學からはなれた。

マラルメは、知識深い一藝術家として、又最も高尙な文學的野心を持つ人として私の目に映つてゐた。私はなるべく彼の心に觸れるやうにし、たとへ年齡や、才能の上に大きな距りがあるにせよ、やがて何時か、私の煩悶や意見を述べる日の來ることを望んでゐた。彼は決して私を憶病にさせたわけではなかつた。なぜなら、彼は誰よりも優しく、思ひやりが深かつたからであつた。しかし私は當時、こう考へてゐたのだつた。卽ち、藝術の製作に精進することと、嚴格な思想上の追求にふけることとは對遮關係におかれてゐると。私の疑問はこの上もなくデリケートなものである。私はそれをマラルメから摑み出すことができるであらうか？　私はマラルメを愛し、彼を全ての人の上に置いてゐた。しかし私は、彼が生涯熱愛し、それに全てを捧げて來たものを、必ずしも私は熱愛することをしなかつた。そしてそのために私は彼に私の苦悶を打ちあける勇氣を持たなかつたのだ。

しかし私は、彼を尊敬するにつけ、これを打ち開けずにはゐられなくなつた。そして又彼の探求、彼の微細な正確な分析が、私の文學觀を變ぜしめ、ひいては文學を棄てるまでに導かれたことを彼に告げずにはゐられなくなつた。マラルメの努力は、その時代の藝術家達の主張ならびに苦惱と、全く反對的なものであつた。そして形に就ての全般的な考察によつて、當時の全文壇に一つの號令を叫んでゐた。彼が何等科學的な知識なく、單に藝術上の深い洞察によつて、かくの如く抽象的な、そして科學上の最も發達した試みにこれ程近似した說に到達したことは實に驚くべきことである。彼は彼の考へを、比喩によつてのみしか物語らなかつた。彼は明瞭な表出をひどくきらつた。これを私風の方法で言ひ表すと、次の如きものである。卽ち、一般の文學は代數の如きものである。一つの結果を探求しやうとする。これに反しマラルメの文學は幾何學のごときものである。初めに意志を假定し、これを明らかにして行こうとする。彼は言葉のフォルムによつて、與へられた原理を明らかにしやうとするのだ。

『しかし少くとも、一つの原理が誰かによつて知悉せられた上は、それに就て時を費す必要はない。』と私は私に言ひきかせた……

期待した日は、つひに來なかつた。

★

一八九八年七月十四日は、私が最後にマラルメと會つた日であつた。朝食が濟んでから、私は彼の書齋を訪れた。縱に四歩、横に二歩の小さな部屋、セイヌ川と森に向つて展いた窓。

森の葉は光をあびて、川のかすかな震動が弱く壁に傳つてゐた。

マラルメは『クー・ド・デ』の微細な推敲に耽つてゐた。この『發明家』は冥想し、それから、鉛筆で全く新しいこの作品に字を落した。この作品はラユール會社が、印刷を引き受けることになつてゐた。

一つのテキストの『形』に意味を與へること、及びテキスト自身の意味と同量の動作をテキストの『形』に與へること、それは、未だかつて誰も試みたことがなく、又試みやうと夢みた人もなかつた。

我々は、我々の手足を普段あたりまへに使用してゐる結果、その存在をさへ忘れ、又その種々の使用法を忘れてゐる。それ故ある日一人の曲藝師が現れて、彼の生命に代へ、あらゆる危險にたへて、手足の柔軟さを我々に示す時、我々は驚くのである。かやうに、我々の言葉も、平常使用してゐる結果、又、走り讀みになれ、見たものをすぐ口に表すこと等の習慣から、非常に親密な動作の表現には意識さへ伴はない。表現の力强さ、表現の完全さも、我々の頭にはひびきもしない。――少くとも、ここに傍若無人なまで彼の精神を易々と表し、しかも最も人の思ひがけないそして鋭いものを注意深く生み出すことの出來る人が現れるまでは。

私は上記の如き人物の身近かにゐた。この人は、私が二度と他の人から聞くことのできぬことをのみ、語つた。

静かにそして確信をもつて……原稿の上へ指を置きながら、マラルメは私に語つた。そしてその瞬間に、私の思想は夢を見始めたことを私は今思ひ出す。私は漠然と、彼のその作品に絶對的な價値を信じはぢめてゐた。私は、現に生きてゐる彼の傍で、彼の一生は已に終つたもののやうに考へてゐた。或者には狂人と罵られるために生れ、或者には冒瀆されるために生れ、そして全ての人のために一つの奇蹟であるために生れた。敵のためには精神錯亂であり不合理であつたが、その味方にとつては奇蹟とも呼ばるべき彼等の『誇り』であり、新鮮さであり、そして精神上の純潔さであつた。文學に一つの質問を提出するのは、彼の數個の詩で充分であつた。理解するには難かしい、しかし默殺することの出來ない彼の詩は、知識ある人々を論爭に導いた。世に報ひられぬ彼、名聲もなく貧困な彼、それは人々の功利心を卑しめるに充分である。しかし彼は、驚く程忠實な人々によつて取りまかれてゐた。しかも彼は、それらの人々を探し求めはしなかつたのに。彼の知識深い微笑、世に最も勝れた一人の犧牲者の微笑、それは靜かに全世界を屈服せしめた。彼は、世に最も稀な、最も高價なものの外は求めなかつた。そしてそれを、彼自身の中に發見した。

★

我々は、かつて野原へ散歩に出かけた。この『人工的な』詩人は、ひどく素朴な草花をつんだ。矢車菊や雛罌粟が我々の腕にはみ出してゐた。空は火であつた。見渡す限りの廣大さ、沈默は眩暈に滿ちてゐた。不可能な、もしくは無關心な死。全てはおどろくほど美しく、燃え、そして睡つてゐた。地上では、全てのものが震へてゐた。

太陽、澄んだ空の壯大な形の中に、私は白熱する香氣を夢見た。そこでは何物も存在せず、何物も繼續せず、そして何物も停止しない。恰も破壞そのものが破壞するやうに。私は『存在《エートル》』と『非存在《ノン・エートル》』とを識別する感情を失つた。そして音樂のみ一つ、他の全ての上にあるやうな印象を與へられた。私は考へた。詩は、あれもやはり觀念を變形する一つの至高な遊戲であるのか？……と。

マラルメは私に平原を指さした。そこでは早稲が金色になりそめてゐた。『見給へ、（と彼は言つた）あれは地上で、秋の徴候の最初の訪れだ』

秋が訪れた時、彼はもはや、生きてゐなかつた。

（坂口安吾譯）

病院のニイチエ　（バウマン）

ニイチエの精神錯亂に關する最初の記錄、Dr. Baumann の拔萃を擧げてみよう。

何等の體格上の畸型、體質病も無い完全なる體質、——秀れた智性、卓越せる敎育、研究に於けるすばらしい成功、——夢想者 狂暴に近い 攝食養生法と 宗敎觀、——恐らく最初の病症はず—と以前に現れたのであらうが、それは一八八八年一月三日以來はつきりした徴候を呈し始めた。それ以前にも嘔吐を伴ふ激しい腦の疾患に惱まされてゐたが、——其の爲に一八七三年から一八七七年の間、屢々敎職に在ることが出來なかつた——非常に愼みやかな生活振り、——精神異狀を來たした激しい快不快——病的徴候として、誇大妄想狂、智力の衰弱、記憶や腦髓の減退、——便通は通常、——沈澱した尿、——耐忍力は無くなり、食欲は非常に大で絶へず食事を求め、全く氣力は失せて、さも自分が著明な人物であると自負し、しきりに女を求めてゐた。――診斷に依ると心神耗弱であると。

ニイチエを Bâle の病院へ伴つたオベルベツク教授の報告に依ると、彼は別に逆ふことも無しに病室へ連れてゆかれたそうである。だけど道々彼は現在の世狀を歎き、『諸君よ！　明日の日こそ諸君に光榮を與へるであらう！』と絶叫してゐたと。そして朝食を鱈腹食べると、彼は自ら進んでお湯に入つた。其の他如何なる場合に在つても、彼は何處となく弱々しく、何事にも從順であつたと。

彼の現在徵候――均齊の取れた立派な體格、頑强な筋肉及び骨格、打診聽診に依るも何等の異常も無く、心臟も變りは無く、只少し弱い丈、脈搏は普通で七拾、瞳孔は不均齊で右の瞳孔は左のよりも大きく反應がにぶい、上牧斂斜視。

彼は自由に診察さしたが、其の間絶へず話をしてゐた。彼は一見健全で氣嫌よくあり乍らも、急に激しい衝動を受けると病的發作を呈し始めるのだそうだ。矢庭に兩腕を擴げて道行く人を抱いたり、家屋の頂迄驅け揚つたりする。勿論此の發作を豫知することは出來ない。彼は尋問に完全に答へることは出來なく、それもしどろもどろに漸つと其の一部分を云ひ現す丈である。視覺は著しく減退してゐる。

病室に於ける彼は一日中床に就いてゐた。彼の食欲は實に大で、與へる食物の辨明は明瞭りしてゐた。午後になると彼は絶へずでためらに話をし始め、時に依ると大聲で唱つたり叫んだりする。支離滅裂な話の內容は唯過去の憶ひ出の混合に過ぎない。一つの考へが浮びあがると直ちにそれと關係のない他の考へを追ひ遣つて了ふ。確か彼は二回黴毒に罹つた筈だ。

彼の病床日記を開いてみると、

一八八五年一月二日――患者は一晩中眠れなかつた。絶へず喋り、口をそそぐと云ふては數回起き上つた。洗ふ。

朝は喪心狀態。心ゆく迄朝食を採り午前中臥床。午後は感覺運動的行動に絕へず墜入り、帽子を地に投げつけ、屢々自ら地面に轉がる。例のとり止めの無い話を續け、時々樣々な人々を不幸に陷らしめたことを自ら責めてゐた。

ニイチエの父は參拾五歲で腦髓軟化の爲に倒れた。階段から落ちたのが直接原因である。

彼の母は健康體である。母の兄弟の一人が神經系統の病氣で死んだ。祖父母は共に長壽を保つた。彼の父も妹も幾等か變屈でヒステリックであつた。彼の分娩狀態には別に變りはない。

彼は初め神學を、次いで言語學を修め、最後にバアールで哲學を研究した。彼の幼少時代は寧ろ沈着な方で容々と學業を終へて行つた。貳拾四歲の時バアール大學の哲學教授に招聘され、其處で九ケ年間教鞭を執つたが、遂いに腦と視覺を冒されて教檀を退くの止む無きに至つたのだ。

一八八九年一月十四日、――四、五時間睡眠を取り、他は喋り且歌ふ。本日母の訪床あり。

母の訪問は瞭らかに患者を喜ばした。母が入つて來るのをみると彼は忙ぎ駈け寄つて優しく抱擁すると叫んだ。『噫！　わたしの大好きなお母さん！　わたしはお母さんに會つてどんなに嬉しいでしよう』

彼は暫くの間、別に何の異狀も無く家庭の事情に就いて母と語つてゐたが、突然語を更へて、『御覽なさい！　わたしを、わたしこそ Turin の王ですぞ！』と云つたものだ。此の叫びを切つ掛けに彼は再びうわ言を云ひ始めて了つた。

それから三日經つてから、母の切なる題に依り、醫師及び看護人に付き添はれて、イエナの癲狂院に向つた。暫くして母からオベルベツク宛の手紙が屆いた。それに依ると、――フランクフォルトを出發した時から妾はニイチエと別の車室を取ることにしました。

何故なら餘り妾に向つての熱中が激しいものですから。それはほんの暫くの間の發作なのですが、全く見るのも聽くのも恐ろしいことなのです……。そうとは云ふもののフランクフォルトの停車場では又思ひ返してみてもう一度吾兒の頭を腕で抱へて額に口づけを與へてみたのですが、やはり駄目でした、妾は彼の傍に居ることが出來ないのです……。だけど一人になつてみるとやはり吾兒のことが氣遣はれて々々ならないので思ひ切つて傍へ行つて遣らうとも思つたのですが、あのいまわしい彼の口から洩れた言葉を憶ひ出すと、何でそれが爲し得ましようか！　そうです、旅行の最初の裡は實際氣持がよかつたのです。

　彼は妾が傍に居ると云ふこと丈ですつかりはしやいで了つて、妾が腸詰を挾んだパンを與へて遣ると『そう、わたしがこんなおいしいハム入りパンを食べたのは近頃にないことです』と云つたり、妾が櫻んぼを取り出すのをみると、『おや、これはナウムブルグの櫻んぼのお祭りから持つて來たのですね』と云つて、妾がかつて彼の旅行の時に與へたハム入りパンのことなぞ話し出すのです。これにはこんな普通な狀態になつたことは今迄になかつたと看病人が妾に囁いた程でした。そして彼は自分が今迄非常な重態に在つた事、精神病院に入つてゐた事、だがもう健康は取り戻した事なぞを附け加へて語るのです。妾はそれを聽いた時、肉親の愛情が、妾の切なる願が叶つて、彼の病疾が救はれるであらうと思ひ込んだ程です。其の場に居合せだ者なら誰だつて妾の此の喜びを感じたに違ひありません。噫、ニイチエもやつと救はれた！　と。妾はそう思ひ込む爲にはもう如何なる醫師の診斷もありませんでした。事實、あなただつて此の有樣をみたらそうお考へになるに違ひありません。妾はニイチエから彼の自由を奪つて了ほうと決心した其の時から、彼が何か妾を不快なめに逢はせやしないかと始終氣を採んでゐたのですが、此の不治の病に一つの燭光を覗出すことが出來たとは……。だけどやはり其の望は虚しかつたのです。彼の最後に口走つた呪はしい言葉がそれを目茶々々にして了つたのです。それは妾に對する彼の愛情の恐しい迄の誇張であつたのです。噫、自由の英雄は遂ひに少しも本當の自由に就いて考へては呉れなかつたのです。

Iéna の癲狂院に於ける病床日誌を繙いてみよう。

一月十九日――患者は挨拶をし乍ら部屋の中に入つて行つた。しつかりした足取りで、床を注視しつつ、しきりに此の丁頂な待偶振りを感謝してゐた。彼は自分の居る場所が判らないのだ。或る時はナウムブルグに居ると思つたり、或る時は Turin に居るのだと思ひ込んだりした。彼の容貌はすつかり自分自信を信じた自惚れに得意であつた。彼は絶へず身振で話をしたり氣取つた聲を使つたりした。何を云つてゐるかさつぱり判らず、それも斷切れ勝ちにイタリー語やフランス語を誇張めいて話してゐた。夜になると間斷無しに辻褄の合はないお喋りを續けてゐた。

一月廿二日――患者は樂譜を彈くことを望んだ。そして右前頭部の痛を訴へ、其の爲にしきりに身動きを爲した。

一月廿四日――非常に騷がしく、爲に孤獨を必要とするように思はれる。

二月廿三日――『わたしはフレデリック・ギョーム四世である』と叫んだ。

二月廿八日――『どうかもう少しでもいいからわたしに健康を與へて呉れ』と醫師に微笑を投げた。

三月廿七日――『わたしを此處へ連れて來たのは妻のコヂマ・ワグナーである』と呟いた。

三月廿八日――右眠窩上部に激しい神經痛を訴へた。

四月一日――『すつかり贖ひをするのだから部屋着を取つて呉れ』と頼んだ。

四月十七日――『夜になるとわたしは多くの人々の呪に圍まれる。そして怖ろしい機械をわたしに押し付けるのだ』と苦しんでゐた。

四月十九日――壁に讀み難い文字を認めた。『連發拳銃を呉れ、公爵夫人が醜行爲をわたしに仕掛けるのだ。此の風俗を亂すものを。』

五月十六日『人々は常にわだしの腦に毒を挿入しようと謀んでゐる。』とのうわ言。

六月十六日――屢々夜の懊惱に對して叫んでゐた。
七月四日――硝子の破片で造られてゐる部屋の入口を防ぐ爲に、と云つて彼はコップを粉々に碎いだ。
八月廿七日――ハンケチを時々失つた。自分の手帳を失つて、云ふには『此の手帳は許可なくして住居を更へた。』
九月七日――殆んど終日ベッドの傍に腹這ひになつて伏してゐた。
十月に入つてから醫者の許を得たのでニイチェの母は屢々彼を見舞ふようになつた。母と談をしてゐる時は割合に彼の意識はしつかりしてゐるように思はれる。
十二月二日――『夜中に白痴の若い女を見た』と云つた。
十二月廿日――舊友が訪ねた。初めの中は別に異常もなかつたが遂ひに彼は怒を示した。
翌年の一月に入つても別に特記することはなかつたが、三月二十二日付けの母の手紙に依ると次の如く報告されてゐる。
――妾は瘋狂院を訪れたことを神に感謝します。彼は非常に喜んで一日中抱擁を求めてゐました。彼の頭腦は日增しによくなつてゆくように思はれます。時に依ると彼は食事後ピアノに向つて妾のわからない曲目を彈くことがあります。妾がそれを尋ねると彼はベトーベンの作品參拾一番だと云ふのです。其の彈奏してゐる容子は如何にも情緒たつぷりで、傍から見てゐるとまるで彈き乍ら物想に耽つてゐるようです。妾が餘り神經を疲らせるといけないからと注意しますと彼は諾いて其の儘鍵盤から離れて了ふのです。何んと彼は從順なのでしよう。
妾は彼と連れ立つて外を歩きました時、或る見識らぬ人に會ひましたので、わたし達は眠を外らすことにしたのです。何故なら彼はやたらに挨拶をしたがるからです。妾は大忙ぎで道を横切つて向ふ側へ渡りました。それがきつと彼の氣に入つたのに違ひありません。

それからしきりに外へ出たがつてしようがないのです。或る日なぞ射撃から歸つて來る士官に出合つたので、妾は何時もの習として彼に廻れ右をさせようとしたのですが、彼はそれに從はずにつかつかと士官の傍へ近寄ると握手して、『かつての砲兵の如く、今日の教授は酷使されてゐるのです』と云つたものです。士官も妾の眼顏でそれとなく判つたので何の事も無く過ぎましたが、それから又若い娘さんに出合つた時、彼は又話し掛けようとしましたので、妾はあはてて彼の腕を強く引き止めました。妾は其の歸途、出來る丈優しく彼に注告しました所が、彼は一向それを噴りもせずに、人々が自分を恐れてゐると云ふことは自分でもよく判つて居るのだと云ふではありませんか。

　今日は土曜日です。妾は散歩するよりも午睡を取る方がいいだらうと彼に奬めますと、彼は妾の言葉を受けて横になつて呉れたのです。

　三月貳拾四日――快復の兆を見たので退院する。

　病床日誌はこれで切れてゐる。

　斯くてフレドリツク・ニイチエは一九〇〇年八月貳拾五日の午後、ワイマールで死亡した。

（江口　清）

「ミスティグリ」（アンリ・ソオゲ）

一九三〇年十二月、ドオヌウ劇場　マルセル・アシヤアルの新作

こゝに發表された作品はなんと素晴らしいコメデイであらう！『無智にも詩がある』（註、アシヤアルの言葉）われわれはこの無智と詩の二つの點から作者を分析して行かう。實を云ふと私はそこに詩や、柔しさや、聰明な心や、奇警さは見つけるが、無智は見つけることが出來ない。彼の主人公は無智な者として扱はれてゐるが、少くも、さうしたものに敏感である私の眼にさへ、さうは映らない。マルセル・アシヤアル氏のこの新しいコメディは申し分のないものである。彼の才能は、力強く美しく成長して來たやうに思はれる。彼の會話は素敵だけれども、その上、速度と奇警さとさらに深さが加はつたと思ふ。『ミステイグリ』は、調和しない一組の夫婦の物語である。ボルドーの富んだ工業家の娘のネルは、或る有望な若い醫者のフィアンセになりかゝつた時、そこの大きな劇場の美しくもなければ教養もない一人のテノールに夢中になる。テノールは才能も乏しく貧乏だつた。彼女は彼に從いて行くことを決心する。そして彼を婿にし一諸に生活しやうと思ふ。彼女のこの決心が家族の間に悲劇を惹き起すことは明らかであつた。彼女の父はついに、今日まで安隱に過ごせて來た彼女の生活と、テノールと、どちらかを選ぶやうに彼女に命令する。若い娘はザモオル（テノールの名）を捨てることを父に約束するが、その後でたうとう彼と駈け落ちをしてしまふ。さうしてわれわれは見すぼらしいホテルの臺所附きの小さな室に戀に夢中になつてゐる金のない一組を見出すのである。彼等はその困難の初まりにあつた。ポケツトには六スウしかなく、出て行くには室《へや》代を拂へず、抵當もなかつた。金の取れる當てもないのである。ネルはもうこの上みじめになるまいと決心した。ネルは一諸に死なうとザモオルに云ふ。この自殺をしやうとするところが、重々しいところや輕いところのあるこのコメデイの中で、もつとも人に感動を與へる場面である。

勿論、こゝは甘い場面ではない。が、觀客には分らなかつた。昨夜、死ねないザモオルが死なうとしてネルにもう自分を愛してゐないと云つてくれと頼むところで、人々は大聲立てゝ笑つた。が、この場面こそ人間の姿が出てゐるのではないか！　ドラマチツクに、コミックに、人間の姿が卒直に現はれてゐるのではないか！　さうしてそこに生きるに難い瞬間を描くにすぐれたアシヤアルの藝術がある。ザモォルとネルはちよつとしたことから死ねなかつた。彼等の自殺（ガスによる）は興行師の突然の訪問によつて妨げられる。彼は素晴らしい契約を持つて來たのである。しかしそれは才能のないザモォルへではなく、地方巡りで夫と一諸にうたつて評判のよかつた美しい聲を持つネルに對してであつた。

　金の入つた彼等は、今、贅澤なアパアトメントにゐる。倦怠を感じたザモォルは一人の女をこしらへる。ネルはザモォルの殘酷な言葉を聞く。（お前の樣な女を、――守つてゐることは出來なかつたんだ。）彼女は彼から去つてしまふ。しかし彼女はやがては彼の許へ戻つて來なければならない。彼なしには生きられないのだから。彼は彼女の愛してゐた男なのだ。彼女はついに破綻の記憶のある前の部屋へ彼を求めて戻つて來る。そこには彼が女（この戯曲の中で唯一人の無智な人間）と一諸に暮してゐる。物語を終はる幕は戀になやむ女の言葉のうへに下ろされる。その言葉の一つである『ミステイグリ』の言葉がこの作品の『題名』になつてゐる。

　演出は申し分なかつた。ザモオルの役をやつたフエルナン・グラベイ氏は、實にうまかつた。ザモオルは人の云ふやうな無智な者ではないが、それは氏の故《せゐ》ではないだらう。マルセル・アシヤアルはさういふ無智な人間を創る氣はなかつたらうと思ふ。ザモオルが親しみを持たせる人間であることは明らかである。彼は下手なのに所謂うまくうたつたりするが、無智な者ではない。彼は愛することを知つてゐた。美しく、心から。それだけでも彼は下らない人間ではない。さうではないだらうか？

　ルヌウアル夫人はネルだつた。彼女は豊かな才能を持つてゐる。が、彼女の役は明らかに適つてゐなかつた。戀してゐるネルには彼が所謂無智なところを持つてゐることぐらゐ分り切つてゐたのだ。彼女は殊にそれを彼に示し過ぎるくらゐ示した。彼女は言葉を長く引つ張り嘲弄者の見詰め方をしながら首を細かに振るのだつた。彼女はザモオルが氣に入つてゐるので、こんな風に戯れるのだつた。それはよく分る。彼女の皮膚の中に彼がゐるのだ。さういふものを彼女は好まない。それは彼女に唾を吐きたい氣持にならせるのに充分だ。さういふ彼女は趣味と機智を缺いてゐた。彼女は金いろの飾りを付けた袖の惡趣味な服を選ぶのだつた。見すぼらしい家具附きの貸間にゐる戀人を取り戻すために。……アルレテイ孃の平凡なお人好しのフアンニイの役は非常によかつた。この藝術家は注目されてゐる。彼女のさういふ役は今までにも度々見たことがあるが、今度の彼女は眞似の出來ない完璧さを見せてゐる。ヒオリス・ベナアル、ジョルジュ・ベルタン、ジエー・ユベエル、アルベル、及びバルサツク夫人は皆それぞれの役で見事な出來榮えを示してゐる。

私はマルセル・アシヤアル氏のこの新しいコメデイを今日パリの諸劇場で上演される作品の中の最もすぐれたものとして推すことを躊躇しない。私はこゝにそれを述べることを光榮とする。何故なら彼の才能と藝術は私に非常に相觸れるものとして存在してゐるから。

（高橋幸一譯）

エリック・サテイ　（コクトオの譯及び補註）

ある作品を愛するためには、新しい精神狀態に自分を置かなければならない。他の作品によつて批判してはならない。批評家達の最大の缺點は、藝術の新しい表現に興味を寄せる批評家達でさへ、その作品の價値は感じる、しかも尙、在來の表現と矛盾する點は、すべて缺點であり稚拙であると看做すことである。獨創は、この距りの中にのみ存在する。それ故、どの時代にも、新精神は反撥精神の最高の形であると言つてよい。

椅子といふ觀念から出發して、ラムプを批判するのは滑稽である。多くの批評家達は言ふ、『成程、このラムプは珍らしい。が、これは良いラムプぢやない。腰懸けることが出來ないから』。と。ラムプはラムプにふさわしい多くの効能に順つて、批判するのが聰明である。しかしこの明敏さは、極めて稀である。

早呑込をなさらないやうに。私はまづ、五十歳の青年に就て皆さんにお話したい。この青年はエリック・サテイである。私はこの青年の珍奇な物語を語りながら、冒頭に述べた簡潔な言葉を明らかにして行きたい。

『眠れる森の少女』の出來事が、エリック・サテイの身の上にも起つた。少し違つた風に。お城の中で眠つたのは彼一人だけだつた。そして彼が目を覺したとき、人々は死んでゐた。もつと正しく言ふために私はつけ加へる、彼は眠つたふりをしたのだ、と。とにかくサテイは、彼の作品のおかげで、いつも青年のままだつた。巴里郊外のアルクイユに彼は住む。來るにも歸るにもテクる。彼は學生の喜びに浸つてゐる。彼は時々私に言ふ。『途方ない幸福だよ、老人であることは。若い頃、私はいつもこんな言葉に追つかけられたものだ。《今にいい日が來るよ、今に！ きつと》。よろしい！ 私は今老人だ。そして、何も來はしなかつた。何も！。』讃嘆すべきではないか？

サテイは當時、スコラ・カントロムの生徒だつた。この學校は、一八九四年、シヤアル・ボルド、バンサン・ダンデイ、アレクサンドル・ギルマンの三名によつて、宗教音樂をその傳統によつて敎へるために、そして又作曲法を敎へるために、設立されたものである。サテイはここで五十の手習ひを初めた。その理由は、やがて後段に明らかとなるであらう。作曲科を受け持つてゐたのはバンサン・ダンディであつた。そしてスコラ・カントロムには於て、彼の主張にもとづいて、專ら中世紀風に、卽ち、和聲を敎へずに、對位法のみを敎へた。當時樂界の風潮はこの逆であつた。およそ『新しい』音樂家たらんとする人々は、和聲を重んじて、對位法や走法の勉强を輕蔑する必要があつたのである。しかしサテイは、恐ろしくまぢめくさつて、スコラで、對位法と走法とを勉强してゐた。その頃から彼は外形の上でユモリストに變つてゐた。いつたい、一生涯世に認められること少く落伍者で通したサテイは、始終口べりに微笑を漂はしてゐたらしい。そしてその微笑の中から、冗談や、輕口や、皮肉を、屢々吐き出してゐた人のやうである。ダリウス・ミロオでもマキシム・ヂヤコブでもルイ・ラロアでも、申し合せたやうにこの微笑を彼等の追憶の中に書き洩してゐない。作品の題名と一緒に、彼の顏も輕口家のベールを被り通したのであらう。とにかく、サテイがスコラでの長い沈默の後、最初に齎らした果實は、『(一匹の犬のための)《ブール・アン・シアン》實にだらしのない序曲《ベリタブル・プレリユード・フラスク》』であつた。

この機會に、この時迄のサテイの略傳を述べておきたい。サテイは一八六六年ホンフルーに生れた。一八八三年から一八八四年の間、コンセルバトアルに入學した。彼は落第した。ギロオ及びマシアスのクラスに入學した。三年の後、サラバンドをかいた。そのゝちローズ・クロアの運動に加はつた。ジムノペデイをかいたのもこの期間であつた。

さて、サテイは嘗て、モンマルトルに最もみぢめな放浪生活を送つてゐた。當時はワグナア全盛の時代だつた。ワグナアは神であつた。ワグナア全ての上に《ユーバア・アレス》。それはサアル・ペラダンの時代——彼のサロン『ラ・ローズ・クロア』で、豪勢な、わけの分らない、不合理なお祭騒ぎが行はれてゐた時代だつた。ニイチエから『老いたる魔法使ひ』と呼ばれた男が、フランスを暗くし、我々の持つ新鮮さを歪められた傳說の下で窒息させた。彼の『肥つた女の兵隊』が、われらの國へ浸入した。

ある見方からすれば、(ああ!)ワグナアを擔ぐこと、それが唯一の態度だつた。愚人達に反抗し、ワグナアを防ぐために全力をつくす必要があつた。恐らく、眞實の勇氣は、尙別の理由のために咆哮すべきであつたらう。(ドイツでは、それをニイチエがしてゐる)――しかし結局、それは報酬のない仕事だつた。そしてフランスに於ては、その勇氣を、何人にも求めることが出來なかつた。

シヤブリエでさへ被害を受けたこの瓦斯の波から、被害なく脫け出した人はサテイただ一人だつた。考へてみたまへ。聖餐堂の眞ん中に、クリングソルの園の眞ん中に、グラアルの地下聖堂の眞ん中に、サテイはゐたのだ。彼はローズ・クロアの音樂家だ。いはば、フアフネル(註、ワグナアの、あのニイベルンゲンの龍)の口の中にゐたやうなものだ――が、諸君! サテイは皮肉屋だつた。怪物の目の玉を光らせることを職務とする、オペラ座の皮肉な青年舞臺裝置家と同じ程度に。

モンマルトルに救はれて! 輕口に救はれて! 私としては、私は輕口と呼ばれるものを好まない。しかし時には、毒を以て毒を制す場合もありうる。輕口の精神が、藝術上の壮厳癖から人を救ひ出すサティの場合が、それであつた。私はシムプリシシムスのカリカチユアを考へてゐる。フアフネルは口から火を吐いてゐる。そしてジークフリイドは、好意をもつて彼にたづねるのである。『ちよいとその火を、止めちまつても、かまはないかね?』

誰もワグナア風にしか、作曲しなかつた。サテイが、ラ・ローズ・クロアのための喇叭曲を示した時、ペラダンはきびしく彼にきいた。『ワグナアはこういふ諧調を書いたかね?』。『書きましたとも。』とサテイは答へた。書いたもんか、といふことをよく知りながら、そして鼻目鏡の陰で笑ひながら。

サテイが、このサアル・ペラダンのワグナア風な音樂をかいたのは、一八九一年である。そして、彼がドビユツシイのために一つの門を開けてやつたのも、その年である。人々は疑ひをはさむに違ひないが、その門から、ドビユツシイは榮光の中へ歩いて行つたのだ。

ドビユツシイは當時、料理店クルへ足繁く通つてゐた。（註、その頃、ヂムノペデイやサラバンドをかいてゐたサテイは、少しも認められずに、この料理店でピアノ彈きにやとわれてゐた。）ドビユツシイは羅馬賞を受けたばかりの頃なので、前衛派の藝術家達から惡く言はれてゐた。人々は彼を避けるやうにした。ある晩、ドオユツシイとサテイは同じ卓子に顔を並べた。二人は打ちとける。サテイは忽ちドビユツシイの價値を嗅ぎつけ、彼に何か仕事をしてゐるかと訊く。ドビユツシイは、カチユル・マンデスと一線に、『ワグナア風』をこしらへてゐた。サテイは苦い顔をした『私は思ふんだが』サテイは呟いた。『ワグナアはもう澤山。立派だよ、あれは。しかしあれは、もう私達にはいらない。私達に必要なのは……』

さて、淑女紳士諸君、私は皆さんに最大の注意をお願ひする。私はこれから、サテイの言葉をおきかせするつもりである。私はこの言葉をドビユツシイからきかされた。そしてこの言葉は、『ペレアスとメリザンド』の美學を決定した言葉である。

『私達に必要なのは……』彼は言ふ。『人物が登場した時、オオケストラは痙攣してはならないといふことだ。見給へ。背景の森は痙攣するだらうか？　私達は音樂的な効果をつくらなければならないのだ。音樂的雰圍氣を創造して、その中で人物を動かせ、喋らせなければならない。ピユビス・ド・シヤバンヌの或種の雰圍氣を出しさへすれば、『對聯《クープレ》』も『主施律《レイトモチーフ》』も私達に必要はないのだ。』と。

私が物語つてゐる時代を、考へていただきたい。ピユビス・ド・シヤバンヌは無法者だつた。そして彼は、正統派藝術家に罵倒されてゐる時代であつた。

『それで、サテイ、君は何を作つてゐるのだ?』とドビユツシイはたづねた。

『私は、プランセス・マレエヌを考へてゐる。しかし、どんな風にしてメエテルリンクから權利を受けていいのだか、分らないのだ』とサテイは答へた。

數日して、ドビユツシイはメエテルリンクから權利を讓り受け、『ペレアスとメリザンド』を作曲しはぢめた。

私がドビユツシイを批難し、サテイに同情を寄せてゐると思はないでいただきたい。ありがたいことには、傑作は、それを摑み出した人のものである。

一つの傑作は何も開かない。前觸もしない。それは一つの時代を閉ぢる。句讀點、行を變へる。傑作とは、此の如きものである。行を變へなければならない。一つの傑作の中には、千の複雜した探求、千の原形質、千の下描き、千の手探りが結晶してゐる。サテイの天才のひらめきは、一八九六年、直ちにペレアスが傑作であることを理解した。そして友人クロードが、千人の中でただ一人探り出した人であることを、鷹揚に、そして皮肉に、認めた。

『この方面には、もう爲すべきことがない』。と、一九〇五年の上演後、彼は書いてゐる。『私は他のものを探さねばならない。さもないと、私は破滅だ。』サテイはよく知つてゐた。一つの傑作は、その後に『甘やかされた息子達』の一群を生み出す、と。その甘やかされた甘子達は、新しい發見に小細工を加へる、と。(ルノアル、モネの後にはヴイヤアル・ボナアル等を、ドビユツシイの後にはラベル等を……)しかし眞の創造者は、前者への矛盾を行はねばならないと。そして新しい傑作は、先立つ傑作への劇しい矛盾の外には在り得ないと。

サテイは印象派の音樂を考へてゐた。が今それが已に解決されたのを見て、尙それをいぢり廻す同輩等を見棄て、彼は方向を變へる。彼は自分に沈默を强制する。彼はスコラに閉ぢ籠もる。洗練された和聲に矛盾する唯一の方法は、文字であることを彼は知る。

彼の同輩達は、走法は學校の練習問題であるとして輕蔑する。サテイはそれを研究する。

『用心したまへ』とドビユツシイは彼に言つた。『それは危い遊戲だよ。君の齡では、人はもう皮を變へないものだ。』するとサテイは答へた。『失敗したら、なさけない話さ。私は私の腹の中に何も持つてゐないことになるから。』

一九〇九年に移らう。サテイは眺めてゐる。彼の友人達を。彼等は絃の亭を益ゝ刻んだり編んだりしてゐる。そしてそれは、やがて物の役に立たなくなるであらう。すると間もなく、サテイはヴイーネへ小さな作品を持つて現れる。小さなピアノ曲である。言譯の體裁に、彼はその作品へ、ふざけた題名と、おどけたテキストとを附けておく。和聲の心得の少しもない、こんな小さな、こんな簡單な、こんな幼稚なおどけた代物を、どうしてこれらの紳士諸君（とサテイは名付けた）が、正氣にとることが出來やう！　しかしサテイは、この小曲が、やがて人の心に呼びさます觀念を、少しづつ肉づけして行こうと考へてゐる。このまわりくどい道化のおかげで、人々はこの作品を我慢する。この『だらしのない序曲』は、『丸呑みにされた伽藍《カテドラル・アングルチ》』、『昔あつたお寺の上のとてもいい月《クンエル・ド・ラ・リユース・シユル・ラ・タンプル・キ・ヒユ》』、『夭折したいすぱにや王女のための孔雀曲《パバーヌ・プール・ユタ・アンフアント・デフアント》』、等の間で、いい頑具である。

そこである日、サテイは、とても素敵な音樂をつくつたので題名をつける。『居たたまらない曲《エール・ア・フエール・ヒユイール》』。（註、曲(air)は佛蘭西語ではニンニク(ail)にかかる洒落）

サテイを讃仰する人々には、これらのフアースが氣に入らない。彼等は考へる、これらのフアースは彼の榮光を害すものだと。彼等は知らないのだ、サテイはこれらのファースによつて生存を許されてゐるのだと。憎悪に對して、又、題名によつて作品を批判する崇嚴主義の餌食となつた人々に對して、曲りなりにも彼の存在を認容させるものは、このファースのおかげであることを、人々は知らないのだ。

サテイは言つた。『藝術への精進《エキゼルシス》は、絶對の拒否の中に生活するやうに、我々をうながす。』と。そして彼は、常にこの拒否の中に生活し、最も純粋な、そして最も嚴肅な音樂をつくつた。そして、人を笑はせるために、そして人を笑ふために、道化た題名をつけた。だから人々は苦虫の陰にある透明な彼の魂を氣づかずに、いつも笑つてゐた。

(マキシム。デヤコブ、『サテイの教訓』Vigile, deuxieme cahier 所載、より)

今、サテイはもうファースを必要としない。彼はもはや助力を乞ふ必要がないのだ。皆さんは、『パラアド』の中に、『ソクラート』の中に、『ノクチユルヌ』の中に、一片のファースを見出すことが出來ない。そのためにビツクリした出版屋の姿を想像したまへ。彼等は昔、ファースの故に出版を拒絶した――そして今、ファースを棄てるサテイを喜ばないだらう、目下ファースの賣行は熾んだから。

甘やかされた息子達が大手をふるつてゐるその餘白の中で――サテイは謙遜な輕口家だつた。こんな途方もない忍耐を、人は想像することが出來やうか? 最も長い腕によつて準備せられた一撃を?

サテイはいつも聽衆の先に立つてゐた。聽衆がやうやく彼を理解し初めると、彼は忽然と、もう一歩先へ身を躍らせてしまふ。そして彼は生涯ほがらかに落伍者の生活をつゞけた。まだワグナア全盛の頃『サラバンド』や『ジムノペデイ』を書いてゐた彼は、已に落伍者だつた。そしてモンマルトルの料理店クルでピアノ弾きにやとわれ、毎夜自作の曲をひいてゐた。彼はその料理屋でドビユツシイと知り合ひになる。そしてドビユツシイは彼のために、その作品『ヂムノペディ』をオルケストレエトしてやる。そこでそろそろ有名になりさうな頃、彼はスコラへ閉ぢこもつたまま沈默を破らうともしない。人が忘れた時分、ファースを携へて再生した。暫くして、彼のファースが理解され初めた時、彼はファースを書かなくなつてゐた。一九一七年、ヂアギレフのバレ・リユツスによつて彼の新作『パラード』が上演された時、觀客は怒號し、舞臺に向つて菓物の皮等を投げつけたさうである。しかしパラードは心ある人々には正當に理解された。彼を取まく六人組の結成（一九一九年）コクトオの辯護等によつて彼の名聲が初めて決定したかの如くみえた時、一九二四年、ソアレ・ド・パリによる彼の傑作『メルキユール』の上演は、又聽衆を憤慨させた。一九二五年、バレ・スエドアによつて上演された彼の新作『ルラーシユ』は、今度こそ聽衆を根こそぎ退屈させて、すつかり呆れかへらせてしまつた。しかし彼は、『ルラーシユ』上演の夜、三人の少年に賞讃の辭をあびせられた。その三名は彼の忠實な弟子となつた。カビイ、ドオタン、ルテツク、今フランスの樂壇に明日の音樂家として輝いてゐる人々である。一九二五年、一生を落伍者で通しぬいたサテイは、死んだ。晩年、彼は發狂してゐたさうである。彼の死後、一九二七年のこと、瓦解二年前のバレ・リユツスが、『メルキユール』を上演した。一九二四年に退屈して呆れかへつた人々が、その時、何といつたか知らない。

この機會に、コクトオによつては語られてゐない、サテイとドビユツシイとの物語を最後まで述べてしまはふ。サテイがプランセス・マレエヌを作曲するつもりでゐたのは、決してコクトオの邪推ではなかつた。そしてコクトオが物語つてゐる如く、ドビツシイがペレアスを作り初めたことを知るや、彼はすぐプランセス・マレエヌを放り出してしまつた。そして彼は自分に呟いてきかせた。『おやぢ、お前は何も喋らない方がいい』と。そして彼は、實際そのまま、二十年間沈默した。スコラ・カントロムに學んだのはこの期間である。そして彼が長い沈默を破つた時、ドビユツシイの時代はもはや過ぎ去らうとしてゐた。一九一二年、バレ・ルツスによつて『牧神の午後』が上演された頃を境にして、彼は次第に悲慘な生活におちいつていつた。一九一四年頃から、ドビツシイは仕事の上に次第に焦りを深くした。そして作品が作れなくなつた。同時に不治の病に冒されてゐた。サライのフアースはその頃やうやく世にもてはやされる曙光を見出したのだつた。再生のサテイを認めた最初の音樂家は後の六人組の一人ヂヨルヂユ・オオリツクだつた。彼はサテイに手紙を送り、まつさきに彼の懷へ飛び込んだ。（オオリツクがサテイの敎訓に報ひた感謝の言葉はこの譯文の後註に附けておいた。）コクトオがサテイを知つたのもこの頃だつた。一九一七年の『パラード』の上演は曲りなりにもサテイの名聲を決定し、特にサテイの作品にのみ捧げられた演奏會が幾度か開かれるやうになつた。その頃ドビコツシイは病氣のために身動きも不自由であつだ。そしてサテイのために演奏會に出席することは不可能だつた。彼の病床へ、サテイの成功が素晴らしいといふ噂がしばしば屆いた。しかし彼はそれを信じなかつた。そしてそれは、サテイが手を廻して彼をいやがらせてゐるのか、さもなければ、せいぜい見物を買收したおかげだらうとサテイに言ひ送つた。それをきいてサテイは激昂した。そして猛烈な手紙をドビユツシイへ送つた。ドビユツシイはふるへる手でそれを讀んだ。そして手のふるへが、氣づかぬうちにその手紙を破いてゐた。『許して……』と彼は叱られる子供のやうに呟いた。そして泪が頰を流れた。――ドビユツシイは彼の輝やかしい一生の間、常に落伍者であつたサテイへ人の想像も及ばない敵意を持ちつづけてゐたのだつた。ドビユツシイが一生涯頭の中に隱しておいたただ一人の敵はサテイであつたのだ。落伍者サテイの眞價を、一番早く、一番よく知つてゐたのは、成功者ドビユツシイであつた。そしてその敵意が、料理店クル時代の友情以來、會ふ度に二人の會話を變に皮肉なものにした。ドビユツシイはいつもサテイにいやがらせを言ふのだつた。そしてサテイは――彼も亦ドビユツシイの價値をよく知つてゐたので――冗談めいた口振で彼をほめたり皮肉つたりしてゐた。二人の友情がこんな悲しい破綻をもたらしてから間もなく、ドビユツシイは死んだ。一九一八年。そしてその後、ドビツシイの嫉妬甲斐もなく、サテイは落伍者に逆もどりしてしまつた。ドビユツシイとサテイとのこの物語は、ドビユツシイの最もよき味方だつたルイ・ラロアが、彼の著書 La Musique Retrouvée (Librairie Plon) に書いてゐる。

ある日、『ペレアスとメリザンド』に矛盾すべく運命づけられた一つの傑作が、爆彈のやうに破裂した。その傑作は、爆彈の國からやつて來る。ロシア。ストラビンスキイ。それは『春の祭典《サークル・チユ・プランタン》』である。(註、春の祭典は一九一三年、バレルツスによつて巴里に上演された)

我々は、この亂痴氣騷ぎ、この熱狂、シヤンゼリゼ劇場に於ける歷史的なその初演を忘れないだらう。我が國の青年等は、印象派の甘やかされた息子達から離れて、この野獸的な作品の方へ振向く。『春の祭典』はスラブ族の最も劇しい亂暴さを持つて、ラベル、デユーカ、シユミツトの後へ現れた。丁度、ヴイヤール・ボナールの後へマチスが現れたやうに。しかし尙、これは、意識的に作られた矛盾ではなかつた。むしろ、擴大され、野蠻化された印象派であつた。

印象派音樂の戰慄、愛撫、半影、交錯、手の込んだ不調和音、雲、水の精、花飾り、句、波、皮肉。そして、それらの後へ『春の祭典』。それから暫くしてジヤズバンド。まるでカプウを行列する色とりどりの象のやうに、それらが次々にやつて來る。

ここにも亦同じ暗礁がある。傑作は最後の句切點である。ドビユツシズム、そこにはまだワグアナの霧と、ムソルグスキイの雪があつた。その後にストラビンスキイ。彼は我が國のために作られたものではないその多彩、野蠻、冷酷の方へ、我が國の青年達を推し向けやうとしてゐる。我が青年達は、柔い明暗を拂ひ落すこのリズムに、自ら進んで餌食となる。彼等は愛すべき一つの錯雜から逃れて、怖るべき一つの錯雜へ落ち込む。

しかし繪畫の領域では、すでに數年前から、一人の藝術家が物の表相を變へてゐる。彼は偶然や、多彩や、子供つぽさや、裝飾やの生み出す喜悅を棄て、新しい律をつくつた。彼は逸話的な、第二義的な魅力を拂ひ去ることによつて、畫の技術を高尙にした。彼は眼のための比喩を發明した。物、形、色、遠近、それらが柔順に、彼の後について來た。オルフエのやうに。彼はそれらを一つの特異な世界へ導く。そこで、彼は彼の方法に順つて、新しくそれらを組織し直す。彼のまわりの若い畫家達は、クラシシズムの劇しい研究を再び見出す。

この藝術家は、ピカソであつた。

その時、『眠れる森の老人』は目を覺す。彼は最も偉大な勇氣を、手にしてゐる。それは、簡潔であること。それはコロムブスの卵であつた。それを考へる必要があつたのだ。そしてそれだけで澤山。技巧の進んだ時代に於ては、たゞ一つの矛盾が可能である。即ち簡潔。我々はそれを理解しやうではないか。それは退歩ではない。昔の簡潔さへの復歸でもない。クラビシニスト達の混成曲でもない。ド・レ・ミ・フア・ソル・ドでもない。そして『オオ・クレエル・ド・ラ・リユーヌ』（月の光）でもない。

サテイの手にしてゐるのは、新しい簡潔さだ。過去の進歩した技巧によつて豐富にされた新しい簡潔さだ。彼の音樂は、かうして、遂にフランスの音樂である――それをきく人々に、ニイチエの言葉『物の表相を變ぜしめる觀念は、鳩の足どりで步み寄る』を思ひ出させる程、そんなに純白な、そしてそんなに纖細な音樂。

アルクイユの良き先生のまわりに、青年達が集る。青年達は先生を摸倣しない。そして先生は、彼等に一つの道を示し、そして今、彼等に言ふ。『出發したまへ。私の少年達よ。君ら一人で出發したまへ。私が下手くそに作つたものを出來るだけ探し出したまへ。そしてその逆を作りたまへ。』（畢）

オオリツクは彼の Livre de la voie に書いてゐる。『我々はサテイの『簡潔さ』の教訓が必要であつた。三十本の輻は車輪を形造る。しかし車輪をして車輪の用をなさしめるものは中軸の中の空洞《ウツロ》な部分である。又壺は、壺の空洞な部分によつてその效用を果す。そして部屋は又、その空洞なる故以を以て部屋の用を果すのである。かやうに『存在するもの』は一つの利益ではあるけれど、效用は常に『存在しないもの』によつて作られる。ドビユツシイの音樂は完成した形を我々に示す。それは在るところの音樂である。これに反して、サテイの音樂は、全て存在しないところのものによつて、我々に有效な音樂である。サテイの音樂は表皮を持たない。人々は、その中味に彼の思想を見出す。』と。

サテイとコクトオを取りまく六人組（アルチユル・オネガア、ダリウス・ミロオ、チヨルヂユ・オオリツク、フランシス・プウランク、デエルメエヌ・タイユフエル、ルイ・デユレエ）の人々は、全く別々の道を歩く人であることを我々は知つてゐる。彼等の表現は少しも似てゐない。そしてその意味に於て、それは一派とは言ひ難い。しかし彼等はただ一つの點に於て――そして最も重大な點に於て、同じ道を歩いてゐた。それはオオリツクのいはゆる『サテイの敎訓が必要であつた』ことである。そして六人は、サテイの表皮を學ばずに、中味の、サンプリシテの敎訓を學んだ。

▽一つの音樂は一つの青年しか持たなかつた。音樂は常に新陳代謝し、今日の音樂は常に今日の青年の音樂でしかなかつた。しかし永遠に青年である音樂が生れた。エリツク・サテイの音樂がそれである。サテイの敎訓！　それは常に青年のものだ。一九一九年、サテイは最初の青年達に發見された。そして彼をとりまく第一次のグループが出來た。それが今日のフランス音樂をつくつた。六人組がそれである。ジヤズの時代が來た。ストラビンスキイもヂヤズをかく。そして六人組のミロー等もジヤズをかく。そして又ジヤズが消え去る。ストラビンスキイはクラシシスムへ沈澱してしまふ。すると又新しい音樂がアルクイユの先生のまわりから、今度はアルクイユ派と銘打つて現れる。アンリ・ソオゲ（一九〇一年生れ）、マキシム・ジヤコブ（一九〇一年生れ）等々である。そして彼等は、今や『明日』から『今日』に移らうとするフランスの音樂である。そしてその後に來る明日の音樂は？　それが又サテイのまわりから現れる。サテイのバレ、『ルラーシユ』が上演された日、サテイは三人の少年に賞讃の辭をあびせられた。そ

れらの少年は、一九〇五年から一九一〇年の間に生れた人々だつた。ロベエル・カビイ、イイブ・ドオタン、そしてルテツク。サテイは死ぬ時まで、サン・ヂヨゼの病院でカビイの獻身的な看護を受けた。そしてサテイの死後、彼の懐へ飛び込んだこの少年等は、今樂壇へデビユした。彼等のデビユは風變りであつた。彼等は絶對的な無調音樂を主張したのである。即ちそれは、外形に於て、サテイの弟子といふよりは、シエーンベルヒの弟子と呼ぶにふさわしい。しかも、その彼等がサテイの懐へ、なぜ庇護を求めたか？　その祕密は、ここにも亦我々は、オオリツクの言葉『中味の教訓』を思ひ出さねばならない。そして彼等も先輩等と同じく、外表を學ばずに、サンプリシテの教訓を學んだ。サンプリシテのサテイの教訓は、永遠に靑年等の教訓である。（ダリウス・ミロオ、エチユード中の『新フランス音樂家の傾向』より）

▽『パアラド』や『ソクラート』は已にあまりに有名である。しかし我々は、サテイが死後に殘した多くの遺稿を忘れてはならない。（言葉第二號、ミロオ、若園君譯參照）。サテイが生前、自分の傑作の一つであると屢々口にした "Jack in the box" もこれらの遺稿の一つだつた。しかし彼は、生前それを紛失したと信じてゐた、或ひは、紛失を裝つたのかも知れない。それは、死後、山のやうな反古の中から發見された。そして、ボーモン伯によつて、サテイの追憶に捧げられた演奏會に、マルセル・メイエ夫人の手で初演された。サテイの言葉は眞實だつた。「Jack in the box」子供達の玩具。箱の中から飛び出す化け物。ヂツグのリズム。物靜かな、思はず滲みでる優しい笑ひ。新鮮さ。ほがらかな足並。和聲の展開。彼の作品の中で、今まで殆んど出會はたかつたものが、澤山その中に盛られてゐた。彼はもう不滿を顏に表さな

い。かみつぶした苦虫も、それもない。惱み多い彼の運命が、いつも表に出すことを耻ぢさせた美くしい心臓が、何等の悔もなく露骨にあらわれてゐる。彼はもう自分を不幸だと感じてゐない。彼は救はれてゐる。そして私達は、深い感動の中に、この遺作から一つの告白をきく。世の中に最も無邪氣な告白を……。（ルイ・ラロア、La Musique retrouvee より）

（尚、この作品は一九二七年、バレ・ルツスの手によつても上演されてゐる）

▽エリツク・サテイのレコード

『ジムノペデイ、一番』（Gymnopedie No. 1）ビクタア。ボストン交響樂團演奏、クセビイツキ指揮。（NV 7252）。ジムノペデイは御承知の如くドビユツシイがオルストルに編曲したもので、サテイよりも、ドビユツシイの影がより多く出てゐる。サテイを知るためにはあまりおすすめできないものである。

『私はお前を求める』（Je te veus）佛グラモフオン。ヴイーネの伴奏でヰヴォンス・デョルジユが吹き込んだ歌謡曲。（K 2963）。今は絶版となつてゐるさうである。この曲は、日本では三潴牧子夫人によつて一九二七年五月十四日に初演された。日本で演奏されたただ一つのサテイ歌謡曲。アンリイ・パコリの詩を作曲した初期の作品である。これは勝れた作品である。何の變哲もない素朴な曲に、我々は深く溫い淋しさをしみじみ感じさせられる。僕達この雜誌の同人數名は、サテイを紹介するために昨年末三潴夫人を訪れてこの曲をうたつていただいた。その夜更けて辭し去る途次、ひどく興奮してゐることを思ひ出す。夫人はこの秋にもサテイを紹介されるさうである。衷心から期待と悅びとをもつてその日をお待ちしたい。

『私はお前を求める』のピアノ曲 Je te veux

(Valse lente) フランス・コロンビア (D 15 05) ヴイーネの獨奏、これは最近の吹込みで、無論絶盤ではない。

『三つのメロデイ』(Trois Melodies) フランスコロンビア、一九三〇年十一月發賣 (D 15195) ジヤーヌ・バトリ夫人がダリウス・ミロオの伴奏で歌つた歌謠曲。

『調子を調へた三つの小曲』Trois Petits Piéces Montées。フランス・コロンビヤ、(D 11016) フランスコロンビヤ專屬交響管絃團をピエール、シヤニヨンの指揮せるもの。後の二つを私はきいてゐない。

エリツクサテイ作品目錄(一九二五年出版マデ)

Piano a deux mains

Chapitres tournees en tous sens

Croquis et agaceries d'un gros Bonhomme eu bois

(以上 Editeurs, Max Eschig & Cie)

Le Files des Etoiles.

Trois Gymnopedies.

Je te veux.

Le Picadilly.

Poudre d'or

Sarabandes.

Trois Gnosiennes

Pièces froides

Prléude de la porte heroïque du Ciel

Sonneries de la Rose-Croix

Rag-Time Parde

La Diva de l'Empire

Avant-dèrnieres pensées

Trois valses du précieux dégoûté

Descriptions automatiques

Embryons desséchés

Enfantillages pittoresques

Menus propos enfantins

Peccadilles importunes

Heures séculaires et instantanées

4e Nocturne

5e Nocturne

Veritables preludes flasques (Pour un chien)

Vieux sequins et vieilles cuirasses

1er Nocturne

2e Nocturne

3e Nocturne

Relâche

Piano a 4 mains

Apercus desagreables (Editeurs, Max Eschig)

Trois morceaux eu forme de poire

Eu habit de cheval

Parade (Ballet réaliste)

Piano & Chant

Je te veur, valse chantée

Tendrement, valse chantée

La Diva de l'Empire

Trois poèmes d'amour

Le Chapelier

Daphénéo

La Statue de bronze

Les Ludions

Piano & Violon

Choses vues à droite et à gauche.

(D.F. Editeurs Rouart-Lerolle & Cie)

附記　コクトオのこの一文は、一九一九年十二月十八日、ブラッセル大學に於ける講演を、後、雑誌アクションに再錄したものであります。顧つて讀者は、この一文の草された年代を念頭に置いていただきたく、又、後註の必要であつた故以も了解していただきたいのであります。尙、この飜譯は、サテイを紹介する意味にてなされたものであるため、蛇足に似た註釋を附しました。骨子として、コクトオを選びましたのは、私の讀みました範圍に於て、ミロオにせよ、ザヤコブにせよ、コクトオのこの一文を敷衍してゐる外に殆んど一歩を出ないからであります。サテイに關する一々の表現や單語まで、殆んど常に同一でありますのは、むしろ奇異の感をさへ懷しめられます。そしてそれは、明らかにこの一文の內容を規準にして、今日の新しいフランス音樂精神が生れたことを我々に敎へるのであります。順つてこのコクトオの一文は彼の個人性を離れて、直ちに六人組の主張であり、アルクイユ派の主張でもあります。私の讀んだ範圍で、多少ともコクトオのこの一文に一句を多くつけ加へてゐるのは、マキシム・ザヤコブの「ザテイの敎訓」（一九三〇年ビザール誌所載）であります。順つて、これは適當な機會に、誰かの手で本誌に「完譯されるでありませう。尙「般に流布してゐるアンドレ・クウロアのサテイ論を、私は承認するわけに行きません。

（坂口　安吾譯）

詩集『懸崖』

菱山修三は叡智と宿命の詩人だ。彼の場合叡智も宿命も明かに彼の心臟でありまた自身の肉體である

×

果てしない自己への檢察、そこに彼の倫理があり、彼の詩の誕生がある。

夜明け

私は遲刻する。世の中の鐘がなつてしまつたあとで、私は到着する。私は既に負傷してゐる。……

これは彼の敗北の詩の一點であらう。そして彼は歩いてゐる、進んでゐる荒い日射しの荒地の中を。そして遂に敗北の極點「荒地」に達したかの如く思はれる。

×

北川冬彥、三好達治。この二人は現代日本の有するすぐれた若き詩人である。菱山はこの良き先輩たちの中で、自らの歴史に占むる位置をはつきりと知つてゐる。明暗の失はれた水底で、彼は手に刄物を磨くのだ。

×

詩人は必ず自身の言葉を持たなければならないと、僕は思ふ。そして、彼ほどしつかりと、自分の言葉を摑んでゐる詩人も少い。人々よ、試みに「懸崖」の頁を開いて見給へ、如何に彼の語彙の少く、如何にそれらが彼の肉の一片を切實に表現してゐるかを知られるであらう。

×

……私はヴアレリイに觸れて以來、私の精神史は新たに始まつた。私のヴアレリイの書物と一緒にあつた最初の時間は各瞬間が死であつた。云ひ換へれば、私は絶えず私の現實の極點に立つてゐた。……と彼は云ふ。だが僕は、ひそかに彼が一日も早くヴアレリイを乘り越える日の來ることを希ふ。菱山修三は如何にしても菱山修三を出ることは出來ないからだ。

×

叡智は彼の感情を溶解し、宿命の宇宙のなかで、彼は靜かにメタフイジックの美を創造する。

合意

暗默の合意の外に海がある、暮れ方の
窓の外に、
ああ荒い海がある。荒い海がある。

Dualisme

夕方戸を閉る、戸の内にも夕暮がある。
明け方戸を開ける、戸の内にも夜明け
がある。

×

いまこの國の詩壇にもやうやく新しい太陽が仄かな明りを見せ始めてゐるやうだ。懸崖に沿ふて極北に歩んで行く菱山の背に、僕たちは新しい太陽の影を見る事が出來る。

×

菱山君よ、雜駁な寸評を許し給へ。

（本多信）

ピエロ傳道者

空にある星を一つ欲しいと思ひませんか？　思はない？　そんなら、君と話をしない。

屋根の上で、竹竿を振り廻す男がゐる。みんなゲラゲラ笑つてそれを眺めてゐる。子供達まで、あいつは氣違ひだれ、などと言ふ。僕も思ふ。これは笑はない奴の方が、よつぽどどうかしてゐる、と。そして我々は、痛快に彼と竹竿を、笑殺しやうではないか！

しかし君の心は言ひはしないか？　竹竿を振り廻しても所詮はとどかないのだから、だから僕は振り廻す愚をしないのだ、と。もしさうとすれば、それはあきらめてゐるだけの話だ。君は決して星が欲しくないわけではない。しかし僕は、さういふ反省を君に要求しやうと思はない。又、「大人」になつて、人笑はずれに人を笑ふことが、君をそんなに偉くするだらうか？　なぞときゝはしない。その質問は君を不愉快にし、又もし君が、考へ深い感傷家なら、自分の身の上を思ひやつて悲しみを深めるに違ひないから。

僕は禮儀を守らう！　僕等の聖典に曰く、およそイエス・ノオをたづぬべからず、そは本能の犯す最大の惡德なればなり、と。又曰く、およそイエス・ノオをたづぬべからず。犬は吠ゆ、これ悲しむべし、人は吠えず、吠ゆべきか、吠へざるべきかに迷ひ、迷ひて吠へず、故に甚しく人なり、と。

竹竿を振り廻す男よ、君はただ常に笑はれてゐ給へ。決して見物に向つて、「君達の心にきいてみろ！」と叫んではならない。「笑ひ」のねうちを安く見積り給ふな。笑ひ聲は、音響としては騒々しいものであるけれど、人生の流れの上では、ただ靜肅な跫音である時がある。竹竿を振り廻す男よ、君の噴飯すべき行動の中に、泪や感慨の裏打ちを暗示してはならない。そして、それをしないために、君の藝術は、一段と高尚な、そして靜かなものになる。

日本のナンセンス文學は、行詰つてゐると人々はいふ。途方もない話だ。日本のナンセンス文學は、まだナンセンスにさへならない。井伏氏や中村氏の先驅者としての立派な足跡は認めなければならない。そして彼等はよき天分をもつ藝術家である。しかし正しい見方からすれば、あれはナンセンスではない。ことに中村氏は、笑ひの裏側に、常に心臓を感じさせやうとする。そして或時は奇術師のやうに、笑ひと涙の混沌をこれださうとする。ナンセンスは「意味《センス》、無し《ノン》」と考へらるべきであるのに、今、日本のモダン語「ナンセンス」は「悲しき笑ひ」として通用しやうとしてゐる。此の如き解釋を持つモダン人種のために、「悲しき笑ひ」は美くしき奇術であるかも知れない。そして中村氏のナンセンスは彼等を悲しますかも知れない。しかし、人を悲しますために笑ひを擔ぎ出すのは、むしろ藝術を下品にする。笑ひは涙の裏打ちによつて靜かなものにはならない。むしろその笑ひは、騒がしいものになる。チヤツプリンは、二卷物の時代だけでも立派な藝術家であつたのだ。
いつであつたか、セルバンテスのドン・キホーテは最も悲しい文學であると、アメリカの誰かが賞讃してゐたのを記憶してゐる。アメリカらしい惡趣味な讃辭であると言はなければならない。成程、空想癖のある人間ならば、ドン・キホーテの亂痴氣騷ぎを他人ごとでは讀みすごせない。我々は、物靜かな跫音に深く心を吸はれる。それでいい。なぜ「笑ひ」が「笑ひ」のまま藝術として通用できぬのであらうか？　笑ひはそんなにも騷々しいものであらうか？　涙はそんなにも物靜かなものであらうか？

すべて「一途」がほとばしるとき、人間は「歌ふ」ものである。その人その人の容器に順つて、悲しさを歌ひ、苦しさを歌ひ、悦びを歌ひ、笑ひを歌ひ、無意味を歌ふ。それが一番藝術に必要なのだ。これ程素直な、これ程素朴な、これ程無邪氣なものはない。この時藝術は最も高尙なものになる。素直さは奇術の反對である。そして、この素直さから、その人柄にしたがつて、涙の裏打をした笑ひがほとばしるなら、それはそれで一番正しい。そして中村氏は、かなり本質的に、「悲しき笑ひ」の持ち主ではある。しかし中村氏は、往々にして無理な奇術を弄してゐる。それはいけない。

日本では、本質的なフアースとして、古來存在してゐたものは、寄席だけのやうである。勝れた心構えの人によつて用ひられたなら、落語も立派な藝術になる筈である。昔は知らない。少くとも今の寄席は、遺憾ながら話にもならない。僕の知る限りで、「莫迦莫迦しさ」を「歌」つた人は、數年前に死んだ林屋正藏。今の人では、古今亭今輔。それだけ。

日本のナンセンス文學は、涙を飛躍しなければならない。「莫迦々々しさ」を歌ひ初めてもいい時期だ。勇敢に屋根へ這ひ登れ！　竹竿を振り廻し給へ。觀衆の涙に媚び給ふな。彼等から、それは藝術でない、フアースであると嘲笑されることを欣快とし給へ。しかしひねくれた道化者になり給ふな。寄席藝人の卑屈さを學び給ふな。わづかな衒學をふりかざして、「笑ふ君達を省みよ」と言ひ給ふな。見給へ。竹竿を振り廻す莫迦が、「汝等を見よ！」と叫んだとすれば、おかしいではないか。それは君自身をあさましくするだけである。すべからく「大人」にならうとする心を忘れ給へ。

忘れな草の花を御存じ？　あれは心を持たない。しかし或日、戀になやむ一人の麗人を慰めたことを御存じ？

蛙飛び込む水の音を御存じ？

（坂口安吾）

編輯後記

この等の編輯には、本多信、葛卷義敏、坂口安吾の三人が當つた。

我々の仕事は、創刊號には充分に示すことは出來なかつた。第二號を期待していただきたい。

購讀申込は、岩波書店へ。

編輯上の一切の要件、雜誌寄贈は左記へお送り下さい。

東京市外田端四三五（葛卷義敏方）

「青い馬」編輯宛

昭和六年四月二十五日印刷
昭和六年五月　一　日發行　青い馬　創刊號

定價金參拾五錢

編輯兼發行者　東京府荏原郡矢口町安方一二七　坂口安吾

印刷者　東京市牛込區山吹町一九八　萩原芳雄

印刷所　東京市牛込區山吹町一九八　萩原印刷所

定價　一部　參拾五錢
半ヶ年分　貳圓
一ヶ年分　四圓

前金、直接御申込に限ります。

發行所　東京市神田區一ツ橋通町三　岩波書店
電話九段（33）一二八一番　二六二六番　二一〇八番　二一〇九番
振替口座東京二六二六〇番

LIBRAIRIE DE L'ATHÉNÉE

神田三崎町三ノ九

《復刻版刊行にあたって》

一、本復刻版は、浅子逸男様、庄司達也様、公益財団法人日本近代文学館様の所蔵原本を提供していただき使用しました。記して感謝申し上げます。
一、復刻に際しては、原寸に近いサイズで収録し、表紙以外はすべて本文と同一の紙に墨色で印刷しました。
一、表紙の背文字は、原本の表示に基づいて新たに組んだものです。
一、鮮明な印刷となるよう努めましたが、原本自体の状態不良によって、印字が不鮮明あるいは判読が困難な箇所があります。
一、原本の中に、人権の見地から不適切な語句・表現・論、また明らかな学問上の誤りがある場合も、歴史的資料の復刻という性質上、そのまま収録しました。

三人社

青い馬　創刊號　復刻版

青い馬　復刻版（全7冊＋別冊）
２０１９年６月２日　発行
揃定価　４８，０００円＋税
発行者　越水　治
発行所　株式会社　三人社
京都市左京区吉田二本松町４　白亜荘
電話０７５（７６２）０３６８
組　版　山響堂pro.
乱丁・落丁はお取替えいたします。
創刊號コード ISBN978-4-86691-128-1
セットコード ISBN978-4-86691-127-4